U0644783

世界名著好享读（原版插画典藏版）

南来寒 主编

穆福太太和她的朋友们

［美］玛丽·李·埃瑟里奇 著

张玉亮 译

人民东方出版传媒
東方出版社

绿色印刷　保护环境　爱护健康

亲爱的读者朋友：

本书已入选“北京市绿色印刷工程——优秀出版物绿色印刷示范项目”。它采用绿色印刷标准印制，在封底印有“绿色印刷产品”标志。

按照国家环境标准（HJ2503-2011）《环境标志产品技术要求 印刷 第一部分：平版印刷》，本书选用环保型纸张、油墨、胶水等原辅材料，生产过程注重节能减排，印刷产品符合人体健康要求。

选择绿色印刷图书，畅享环保健康阅读！

北京市绿色印刷工程

图书在版编目（CIP）数据

穆福太太和她的朋友们/（美）玛丽·李·埃瑟里奇著；南来寒主编；张玉亮译.—北京：东方出版社，2016.7

（世界名著好享读）

ISBN 978-7-5060-9130-5

Ⅰ.①穆… Ⅱ.①玛… ②南… ③张… Ⅲ.①长篇小说－美国－现代 Ⅳ.①I712.45

中国版本图书馆CIP数据核字（2016）第164098号

穆福太太和她的朋友们

（MUFUTAITAI HE TA DE PENGYOUMEN）

［美］玛丽·李·埃瑟里奇　著　张玉亮　译

策划编辑：鲁艳芳
责任编辑：杨朝霞
装帧设计：
出　　版：東方出版社
发　　行：人民东方出版传媒有限公司
地　　址：北京市东城区东四十条113号
邮政编码：100007
印　　刷：北京汇林印务有限公司
　　　　　北京捷迅佳彩印刷有限公司
版　　次：2016年11月第1版
印　　次：2016年11月北京第1次印刷
开　　本：880毫米×1230毫米　1/32
印　　张：3.75
字　　数：89千字
书　　号：ISBN 978-7-5060-9130-5
定　　价：28.00元
发行电话：（010）85924663　85924644　85924641

“穆福太太，我的宝宝可是一头纯正的奥尔德尼小牛！”

穆福太太拿来了洋葱

康特利背着朱利叶斯·凯撒一跃而过

“不要偷窃！”

杰站在桌子上，护在金丝雀的前面

熊带着一只小猪崽儿越过猪圈

重寻名著阅读的愉悦和享受

直到现在，我仍然不会忘记小时候读的第一本世界名著——《安徒生童话》。那时候，丑小鸭不同寻常的经历，总是让我心潮澎湃；寻找钟声的王子和穷人家的孩子那份对美好的向往和执着追求，更是让彼时稚嫩的我热血激荡……每一个奇妙曲折的小故事，都会带我走进一个不一样的世界，从那时起，我就开始一本接一本地读起了名著，它们就像是有一种让人难以自拔的魔力。名著里的那些故事，虽来源于我们的生活，但经过大师们的演绎之后，又将一个个我们意想不到的画面呈现在我们面前，充满了无穷的想象力。

童年的阅读经历对我的成长起到了至关重要的作用，所以我想让现在的孩子们像那时的我一样，能够同样获得美妙的阅读体验，将那些充满奇幻色彩和诗情画意的故事一代代传承下去。

然而，犹记得，我孩童时代的名著图书，几乎没有什么插图，封面和装帧设计也乏善可陈。如今的孩子，阅读的可选择面广阔多了，很多时候，阅读变成了老师的作业、父母的安排！如何让当下的孩子们重拾我当年阅读名著时的愉悦和享受，让他们发自内心地去阅读、去探究，成了我念兹在兹的一种理想。

基于这个纯粹而又迫切的初衷，经和东方出版社编辑鲁艳芳女士协商，策划了这套《世界名著好享读》系列图书，将一些真正适合孩子们阅读的名著翻译出版，作为一份迟来的礼物献给孩子们，希望还赶得及填补那一块为名著而预留的阅读空白。

这套《世界名著好享读》丛书，涵盖了童话、寓言、诗歌、小说和历史知识等不同内容和体裁，包含了亲情、自然、探险和历史等不同题材的作品，意在让孩子们获得全方位的阅读体验。一直以来，我都秉承尊重原著的原则，所以这套书的底本均选用了美国长期从事经典名著出版的亨利·阿尔特姆斯出版公司的原版初印权威版本，相信这对于每一个渴望阅读的孩子来说，都将是一场愉悦身心的文学盛宴。

在这套图书中，《安徒生童话》《格林童话》《伊索寓言》这些耳熟能详的童话寓言故事，会让孩子们初识社会，了解人性的善恶、美丑、真伪；《爱丽丝漫游仙境》《爱丽丝镜中奇遇记》《沉睡的国王》将带孩子们一次次进入梦幻之乡，让他们的想象力得到大幅提升；《海角乐园》《冰海惊魂》《哥伦布发现美洲》会携孩子们进入开拓探险的世界，告诉他们什么是坚韧，如何变得更勇敢。至此，请原谅我，将好东西藏在了后面，那就是在这套书中，我将遗失已久、几代人都无缘读到的名著——《穆福太太和她的朋友们》《图茜小姐的使命》《狐狸犬维克的故事》千方百计地寻觅出来，其中所经历的艰辛在此我不加赘述，我只想借由这三本书此次的重磅登场，让孩子们幸运地重新亲近这些顶级的作家和他们的作品。最后，我当然也不会辜负那些喜爱戏剧的孩子，在这样的精神大餐中怎么能缺少戏剧界的旷世奇才——莎翁的作品呢。为了降低阅读难度，我特意选取了英国著名作家查尔斯·兰姆和他姐姐共同改编的《莎士比亚戏剧故事集》，让孩子们可以无障碍地步入莎翁的世界。

好了，喜爱精美插画的孩子们，先别着急，我并没有忘记要满足你们这个合情合理的需求。我深知，优秀的插画除了要有色彩、线条、构图的外在形式美之外，更重要的是要具备作品内容所呈现出的内在意蕴美。《世界名著好享读》系列图书是我从事图书策划工作以来整理的插画量最大的一套书，其中很多种图书的插画量达到一百多幅，更有甚者，《鹅妈妈故事集》的插画量竟达到了203幅，堪称是名著的绘本版了。此外，为了完美彰显名著的神韵，书中所使用的每一幅插图都经过了细致入微的修复。海量的插画并没有成为文字的“附庸”，这些来自不同画家的手绘插画或者版画丰富了文字的内涵，对孩子们来说也是一种美育熏陶的过程。所以说，这不仅是一场阅读的狂欢，更是一次审美的嘉年华。

接下来，我要做的，只是把孩子们引领到安徒生、莎士比亚、史蒂文森、约翰·班扬、刘易斯·卡罗尔、霍桑……这些大师、巨匠身边，互作介绍以后，就安静地离开，就像钱理群先生说的：“让他们——这些代表着辉煌过去的老人和将创造未来的孩子在一起心贴心地谈话。”

那么，孩子们，接下来那些愉悦和享受的阅读时刻，就留给你们了。

稻草人童书馆总编辑 南来寒

二〇一六年八月于广州

· 目 录 ·

布林德尔太太痛失爱子

很久很久以前，幽静的小镇上生活着一位名叫海恩斯的农场主，他的农场里喂养着一头纯正奥尔德尼血统的奶牛。这头奶牛所产的牛奶品质上乘、味道鲜美，这一点让她深以为傲。当然，这种骄傲还体现在人们专门为她和她的家庭成员做了血统记录，长长的名单上详实地记录了她的父母、祖父母等所有亲戚，这就是人们常说的“族谱”。农场主海恩斯格外谨慎地保存着这头奶牛的族谱，小心翼翼地存放在客厅前面的盒子里，这份族谱非常重要，它列明了这头奶牛是否曾被出售，或者是否曾生过小牛犊。

当初，这头具有高贵血统的奶牛初来乍到，不谙世事，偏偏农场中的“老住户们”又有些欺生，看她不顺眼，觉得她总是倨傲地摆架子，就合起伙来不跟她一起玩耍，因此其他奶牛和这头奥尔德尼奶牛之间的关系并不融洽。或许正是由于这个原因，她跟那只大灰猫格外亲近。这只灰猫也生活在畜棚里，她是被农场主强行派往那里执行任务的——帮助农场主看住那些扰得他心烦意乱的老鼠。

值得一提的是，这只猫对待这头奶牛的态度非常和善，总是尊敬地称呼她为太太或者是布林德尔太太。布林德尔太太也是如此，虽然她总是听到农场主的妻子叫这只猫“穆福”，可是她却从不这样叫，她总是亲切地称呼她“穆福太太”。当那只猫和农场里的其他奶牛聊天时，为了把那只猫同农场周围的流浪猫区分开来，她就称呼那只猫的全名“塔比塞·穆福太太”。

布林德尔太太来到海恩斯农场的前几个月里，一切风平浪静，没有发生什么值得一提的事。随着寒冷的冬天悄然来临，畜棚的门也开始紧紧地闭着，把冬季萧瑟的冷风严严实实地挡在了门外。布林德尔太太整天窝在畜棚里，穆福太太则整天在畜棚和房子前面不停地穿梭，她见到的新鲜事可比布林德尔太太多太多了，所以每次穆福太太带着新鲜事回来的时候，布林德尔太太总是满心欢喜。有时候，她们之间会上演这样的对话：“早上好！如果现在是早上的话。唉，其实……说实话，积雪实在太厚了，都挡住棚子的窗户了，整个畜棚昏天黑地的，我都没办法辨认这是白天还是夜晚了。”布林德尔太太说。

“确实如此呀。”穆福太太答道，“为了从那个房子到这里来，我穿过凛冽的北风和冰冷的大雪，可是费了好大的一番力气，这场暴风雪实在是太可怕了。但不管怎么说，我还是觉得我应该待在这儿，如果我不每天在这里站岗执勤的话，这些小老鼠们恐怕就要无法无天了！”

这只猫一边说一边小心翼翼地甩着每一只爪子，试图在雪融化前把它们从身上抖落，以防雪水把她漂亮的皮毛弄得湿乎乎，乱糟糟。她特别讨厌湿漉漉的感觉。

整个漫长的冬季，就在这样温馨和谐的氛围中平静地度过了。次年四月，春暖花开。在一个美丽的清晨，当穆福太太像往常一样，迈着优雅的步子走进畜棚时，布林德尔太太突然说有惊喜要给她看。哇，一头前所未有的漂亮牛犊！浅栗色的皮毛顺滑柔软，前额上有一块星星状的白色印记，大大的眼睛纯净可爱。穆福太太很是意外，随后则欣喜若狂。“我说呢！”穆福太太嚷嚷着，“我就觉得发生了什么事！”穆福太太平时可不用这样的表达方式，这可是她从农场主的外甥，那个快乐的男青年那儿刚学会的。“海恩斯激动得都没吃下早饭！我还看到海恩斯太太把厨房弄得乱七八糟的，她肯定是在给你做饭！”穆福太太大声说道。

“是的，也许是吧！”布林德尔太太答道，“我想混乱的源头可能是我这头可爱的小牛犊。你知道吗？穆福太太，我的宝宝可是一头纯正的奥尔德尼小牛！”“真的吗？”穆福太太还不大了解品种这回事，她满是好奇地问道，随即承认，“唉，我不是很懂！”

“那你是怎么认为的呢，穆福太太？难道这不是一头奥尔德尼小牛吗？”布林德尔太太今天早上有点儿恼火，没好气地回应道。

这时，农场主和他的妻子来了，后面跟着他们的一个邻居。

他们每个人都喜气洋洋的，因为有人告诉农场主，这头小牛会为他带来两百美元！

在他们离开之后，畜棚里一片寂静，穆福太太懒散地窝在休息用的干草垛上，一只老鼠突然蹿出来打破了寂静，这时布林德尔太太出声问道："穆福太太，刚刚那个男人说的是什么意思呢？就是对海恩斯农场主说我的小牛犊可为他带来两百美元收入的那个人。"

"哦，我也不知道呀。"穆福太太说，"总而言之，在我的字典里，有很多话是毫无意义的。"

朋友们，你们看，虽然穆福太太在人类世界里经历的事情比布林德尔太太多，知道的人情世故也比布林德尔太太多，并且她非常清楚地知道一辆有白色车厢的马车总是在六七月的时候飞驰而来。她还曾经听到从马车里传出过奇怪的声音呢。说点儿你们可能感兴趣的话，这辆车里面当然不总是放着动物的生肉，有时也会是其他东西。但是，她不想在布林德尔太太惊恐未定时再吓到她，所以她什么也没说。"他不会是想带走我的儿子，让我们骨肉分离吧，穆福太太？"布林德尔太太问道，说这话的时候，她的脸色"唰"的一下变得惨白，穆福太太不得不拿来毛蕊花叶让她嚼，以便能够让她镇定一下。布林德尔太太这时候应该有一个清醒的头脑，并且要勇敢地去面对未知的状况。

"万能的神啊，请大发慈悲吧！"穆福太太说，"布林德尔太太，不要想这件事了！这种情绪对你的身体可没什么好处。”

“我知道，”布林德尔太太说道，“我确实改变不了什么。我觉得照顾我们的人类都是有私心的，而且我一直都认为，靠自己的努力才能更好地安排自己的人生。”

“唉，我也不太清楚。”穆福太太避重就轻地回答道（亲爱的朋友们，你们看，这只猫可比这头奶牛聪明多了，即使她是头奥尔德尼奶牛），“我觉得不管发生什么，都要想想主人为我提供的一日三餐和舒服的小床，毕竟我不用付出太多就能得到它们。”

“可你为主人抓了老鼠呀！”布林德尔太太回答道。

“告诉你实话吧，亲爱的，”穆福太太回答道，“无论如何我都应该做到这一点。因为……呃，我喜欢它。”她环顾了一下四周，补充道，“虽然我不应该让他们听到我这样说……这样说可有点儿太掉价了。”但是，布林德尔太太是个头脑比穆福太太简单太多的人，她还未能把心思从刚刚的话题转移出来，她想了想，问道：“你总是把所有的宝宝都单独留在篮子里吗？”

“对，”穆福太太迟疑了一会儿说，“平常我都是这么做的。并且我知道，如果他们不在那里，就是在威尔金斯太太或者摩尔斯太太那儿，我可以随时随地见到他们。”穆福太太换了个舒服的姿势，继续说道，“因为，你知道的，我的小猫们都是讨人喜欢的捕鼠能手。”

“但是你确定留在篮子里的宝宝都没有丢吗？”布林德尔太太追问道。

“丢孩子？！”穆福太太一下子尖锐地嚷嚷起来，“布林德尔太太，难道你怀疑我是一个没有判断能力的蠢货吗？”

“我不是这个意思，你知道的。”布林德尔太太满怀歉意地说，“虽然我以前从来没有遇到过这种事情，但我知道不管是谁遇到都会感到困惑不已的。”

“胡说！”穆福太太出乎寻常地厉声喝道，但是她的眼睛里却透露出丝丝的不安，因为她想到了在威尔金斯太太和摩尔斯太太离开的那个夏天里，她明明在篮子里留下了五只小猫崽儿，可回家时却只看到了两只，她无法让自己完全相信这一事实。

谈话到这儿就停止了，但是穆福太太的心却乱成了一团麻。

在接下来的日子里，布林德尔太太为了更好地喂养孩子，不断地增强体质。那头小牛长得很结实，个头都跟照顾他的小男孩差不多高了。尽管如此，那个小男孩还是可以在小牛犊撒欢儿的时候把他逮回来。

小牛犊的妈妈因为有了他更加神气十足，当他们漫步在田野时，她总是一副趾高气扬、傲气凌人的神情。自然而然，布林德尔太太和其他奶牛的关系越来越恶劣了。在这种情况下，各种流言蜚语开始四处蔓延，比如说，“布林德尔太太总是自命不凡”“布林德尔太太说孩子就应该生活在父母的眼皮子底下”“父母应该竭其所能地来讨孩子欢心”，等等。

其实，布林德尔太太显然是头有些过于单纯的奶牛，她完全没有意识到，当她和儿子悠然自得地享受天伦之乐时，潜在的危机已在悄然迫近。有一天，一个十分健硕的英国男人和农场主一起来到农场。远远望去，农场主手里好像拿着一张纸，在远处对着布林德尔太太和她的儿子指指点点了半天，一会儿看看他们母子俩，一会儿看看那张羊皮纸，最后，农场里的所有奶牛都意识到这有些不同寻常，于是停下吃草，疑惑地看着这两个人。

“我觉得这件事确定无疑了，”那个男人最终肯定地说道，“我敢说那确实是一头奥尔德尼小牛，并且是唯一的一头！这是毫无疑问的事了！这头小牛如同金子一般昂贵！你得保证不能再把关于他的消息告诉其他人了！把这头小牛卖给我怎么样？”

“好吧，”农场主答道，“那就这么定了。”随后他们双双离开了农场。

虽然布林德尔太太免不了一阵阵的心神不宁，但毕竟她的儿子还在，他们还没有带走他，她还有想尽办法应对的机会！整个下午她都心绪难宁，一直忧心忡忡地凝望着儿子发呆。这天晚上，当她回到畜棚，找到了感情的依托时，才稍微松了一口气。

大约晚上八点钟，夜幕降临，畜棚关门以后，布林德尔太太刚刚让小牛吃得饱饱的，穆福太太就从通风窗的窗户中跳了下来，压低声音问布林德尔太太下午有没有遇见什么不寻常的人。布林德尔太太把下午的事情原原本本地告诉了她，然后穆福太太思忖片刻后告诉布林德尔太太说：“就在刚刚七点钟的时候，一个男人来农场主家用餐。我说的用餐是留在家里吃饭，还把美味的烤鱼都给客人摆上桌了，海恩斯太太总觉得我不想待在有鱼的房间里，所以她总是在吃鱼时放我出去，可我却是真心想待在有鱼的房间里。”穆福太太古怪地笑了笑，补充道，“其实关于鱼这件事，她并不知道真实的情况。言归正传，就在我被放出门前，我听到那个男人说他会明天八点钟带着笼子过来，可是海恩斯先生说他不想卖掉拿破仑。”拿破仑正是布林德尔太太那头小牛的名字。

“穆福太太，我的宝宝可是一头纯正的奥尔德尼小牛！”

“那我该怎么办啊！”布林德尔太太一下子受惊不小，不自觉地拔高了音量，恐怕这时候整个农场都听到了她的怒吼声。

“办法嘛，”穆福太太想了想回答道，“我们可以把他偷偷地藏在高耸的干草垛里。以前，我常趁人们不注意的时候做这样的事情。”

“但是拿破仑可不会老老实实地乖乖待在那儿……”布林德尔太太心急火燎地说。

“可他必须得待在那儿，只有干草才能藏住他啊！”穆福太太坚定地回答说，“实在不行的话，我可以蹲在他的头上死死地压住他，我好歹也有十四磅重呢，这可是昨天我刚听到海恩斯太太告诉摩尔斯太太的。”

“那我怎么把上面的干草弄下来？”布林德尔太太问道。

“哎呀，这个简单，用你的角把它拖下来就行了，”穆福太太胸有成竹地答道，“你该知道自从你有了拿破仑以后可就再也没有被拴起来过。”

大约九点钟的时候，农场主视察完毕后，穆福太太和布林德尔太太立即开始着手准备这件大事。

布林德尔太太低声哄着拿破仑离开了他的小屋，来到干草垛里，又哄着他躺在里面，然后把干草一层层仔细地盖在了他的身上，最后，穆福太太还稳稳当当地坐在了他的脸上。可怜的拿破仑一开始还拼命地挥舞着小蹄子尽力挣扎，但是后来慢慢地就归于平静了，小小的身躯一动不动，最终布林德尔太太和穆福太太满意地回到了各自的小屋中，心情忐忑地等待着黎明的到来。

黎明悄悄地来临，早上八点钟左右，农场主和那个英国男人就一起来找那头血统高贵且健壮漂亮的小牛犊了。可是，他在哪里呢？可怜的拿破仑在干草垛中藏住了头却没有藏住脚，发现他在哪里对人们来说并不是一件难事，人们很快就看见了露在外面的一只白色的小蹄子。但是，好可怜啊，悲剧已经发生，一切都太迟了！这头小牛犊已经死了！而且看样子已经死去好几个小时了！曾经压在小牛犊脸上的穆福太太的体重可绝对不止十四磅重啊。

痛苦源于心灵上的失望，是你一心期盼着奇迹发生时，最终迎来的却只是尖锐的疼痛，绝望的哭喊。

当布林德尔太太得知她的儿子原本因为优良的血统将被送到奥斯本皇家农场，成为英国王室的一头奶牛时，她发出了懊悔的悲鸣声。她悲痛地呜咽着，像所有痛苦的人一样失去了理智，不但对穆福太太大发雷霆，还恶狠狠地痛骂了穆福太太一顿。她指责穆福太太用那样残忍的方式谋杀了她的儿子，指控穆福太太故意策划了整件事情。最后穆福太太实在忍无可忍，跳到她的脸上挠了她一脸爪印，布林德尔太太怒气难消，猛地仰头想用犄角把穆福太太从窗口扔出去，不过穆福太太敏捷地跳开了。

对于这件事，农场主很长时间难以释怀，布林德尔太太又何尝不是如此。虽然后来她又陆续有了其他孩子，但她却从未忘记过不幸去世的拿破仑。每当她想起这件事，就会想起自己说过的话：自己掌控自己的人生远比被别人掌控要好。现在她开始怀疑自己当初是不是错了。或者，不单单是布林德尔太太这么想，对于我们大部分人来说，可能有时同样更愿意按照那些比自己年长和聪慧的人的引导行事。

布林德尔太太为何要吃洋葱

我听说在多尔切斯特有一个小男孩，他很想知道拿破仑的奶牛妈妈——布林德尔太太的故事。说来也奇怪，这周我正好听说了一些关于她的故事，而且我想其他的小朋友肯定也希望听我讲述那些故事。因此，我打算把这个故事写下来，寄到多尔切斯特去，这样的话，那里的小朋友也能一起分享这个有趣的故事了。

你应该还没忘记吧，在上一个故事里，布林德尔太太生活的那个农场里居住着一只很有趣的猫，名叫穆福。在小牛发生意外的时候，她跟拿破仑的妈妈之间产生了很深的芥蒂。如果接下来的故事没有发生的话，我想她们之间的恩恩怨怨可能永远都无法释怀了。

某一年的深冬，天气寒冷无比，布林德尔太太得了重感冒，患上了胸膜肺炎，那个时候有许多牛都得了这种病。布林德尔太太奄奄一息，几乎就要撒手而去了。

你能想象到这场病给农场带来了多大的慌乱吗？海恩斯先生，有时候也会是他的手下，经常通宵达旦地陪着布林德尔太太。早上五点的时候，海恩斯太太就急匆匆地到畜棚来查看布林德尔太太的情况，还有一名医技精湛的兽医，不辞辛劳地从二十英里远的地方赶来给她治病。

穆福太太此时也沉浸在悲痛之中，她一天中多半的时间里都神色黯然地坐在畜棚门口，声音低沉地“喵喵”哀嚎着，因为她有一只可怜的小猫咪由于疏忽也传染上了疾病。一天，在她不注意的时候，小猫不小心钻进了雪里，之后就再也没有出来。

当布林德尔太太的病情略有好转的时候，她也十分同情穆福太太的遭遇，她们俩此时同病相怜，很快又和好如初了。

转眼就到了七月底，布林德尔太太的身体已经恢复如初了，她在齐膝高的三叶草地上畅快地玩耍着。穆福太太也在那里抓蚂蚱，抓住之后把它们放在嘴里嘎吱嘎吱地嚼，就像我们嚼甘香可口的甜杏仁一样。其实我并不知道蚂蚱到底能不能吃，她们之前也不知道吃下去会怎么样，但穆福太太认为还是把它们吃掉比较好。因此，我们就不要对这件事深究了，只要知道当我们在田野里发现蚂蚱的时候，尽量小心一点儿不要伤害到它们就好了。

此时穆福太太一跃而起，她身手敏捷，抓住了一只看起来很鲜美的蚂蚱，然后心满意足地躺在草地上打算与布林德尔太太聊会儿天。

“我发誓，”穆福太太说，“布林德尔太太，去年一月的时候我真不敢想象你还能从那场疾病中熬过来，而且还能健健康康地活到现在。”

“我自己也没想到，”布林德尔太太回答道，“我本来可能熬不过那场病的，能活到现在真是多亏了他们对我的悉心照料。”

“没错。”穆福太太说。

“我总是盼着，”布林德尔太太继续说道，“盼着我可以为海恩斯夫妇做点儿什么来报答他们。”

“我觉得你已经为他们做了很多了，”穆福太太说道，“你产的牛奶是这里最优质的牛奶，用你的牛奶做出来的黄油都要比其他牛奶做的黄油每磅贵两美分呢。”

“真的吗？”布林德尔太太有点儿惊喜，“听到这个消息我真开心！但你是怎么知道的呢？”

“昨晚听到海恩斯太太这么告诉布朗太太的。”穆福太太说。

“在我看来，”布林德尔太太说，“她们在房子里说了什么你都知道得一清二楚。”

“我的确是知道不少，”穆福太太回答道，“你知道的，我总是在我的垫子上待着，其实也不是一直都在，但反正大多数时候都待在那儿，海恩斯太太不知道我在听她说话。布朗太太的表姐偷商城里的红色长筒袜被抓住了，我还以为她不会告诉斯莱特太太呢。”

“但我想她们应该付过钱了吧。”布林德尔太太说道，她天性善良淳朴，脑子也不是很灵光，很少会怀疑别人。

“这怎么可能，”穆福太太尖声嚷嚷道，“海恩斯太太跟斯莱特太太转述说，布朗太太说袜子是掉进塞丽娜包里的，我真希望你能看看海恩斯太太当时的表情。”

“那你会把这件事告诉塔比莎·布朗吗？”布林德尔太太问。

“我不确定，”穆福太太说，“这个要看情况。塔比莎是我很敬仰的一只猫，但有时候她过于趾高气扬了。你知道的，他们的农场没有我们的大，而且他们也没有一头来自英国的奶牛。”

“噢，”布林德尔太太说，“这没什么大不了的，如果可怜的小拿破仑还活着，那咱们这个农场肯定会比其他所有的农场都要好得多。”

“可这个是无法挽回的事了。”穆福太太说，“覆水难收。”

到了挤奶的时间，穆福太太跑到房子里去喝她的牛奶，那个叫雅各布的男人过来给布林德尔太太挤奶，然后她们俩就没怎么说话了。

第二天下午，她们又在田野里相遇了。穆福太太突然说：“布林德尔太太，你还记得你说过想为海恩斯夫妇做点儿事情吗？”

“当然记得，”布林德尔太太停下反刍食物的动作应声说，“我的确这么说过，而且我也真心希望自己可以做点儿什么。”

“如果是这样的话，我想现在可能就是你报答他们的时候了。”穆福太太说，“如果你决定要做的话，现在就有个机会。

我跟你说，昨晚清理干净桌子后，海恩斯先生到村庄里去了一趟，他从邮局带回来一封写给海恩斯太太的信。海恩斯太太拿到信也很好奇是谁寄的。如果是我，我肯定会毫不犹豫地拆开信封一探究竟，但她似乎不这么想。最后，她左看右看了一番，研究完之后，才慢腾腾地打开了信封。不一会儿，她大声嚷嚷道：‘哎呀！这是伊丽莎·克拉格寄来的信。’这时海恩斯先生问道：‘她又要干什么？’我马上就听出来海恩斯先生好像不喜欢这个人。不过，其实这一点我很早之前就知道了。”

穆福太太继续说道：“‘为什么她要来呢？’海恩斯太太继续说，‘她说她生病了，医生建议她必须呼吸一下乡下的新鲜空气还要喝点儿新鲜的牛奶。她还说她这辈子都没喝过像我们家英国奶牛产的那么好喝的牛奶。’‘我可不这么认为，’海恩斯先生嘟嘟囔囔地自言自语道，‘她认为只要她到这儿喝了新鲜的牛奶，她的病就会好吗？’接着，他大声吩咐海恩斯太太说：‘写信告诉她，我们这里可不接待暑期观光客。’‘老天爷啊，’海恩斯太太念叨着，‘她又不是来玩的。’海恩斯先生坚持说：‘怎么不是了，她就是来玩的。’海恩斯太太很无奈地说：‘那我也不能直接回绝她啊，对吧？亲爱的。’海恩斯先生很沮丧地说：‘我想她一定会来的，现在说什么都于事无补了。’”

“而且我敢肯定，”穆福太太补充道，“这里没有人比我更讨厌她了。她上次来的时候，我都数不清楚她到底把海恩斯太太叫来了多少次。‘简，你赶紧过来，你看你的猫躺在深红的垫子上！’海恩斯太太之前就已经跟她说了无数次，那个垫子就是专属于我的。但是说了那么多次也没用。而且有一次她还打了我的耳朵。”

“你当时做了什么？”布林德尔太太好奇地问。

“我也不记得了。”穆福太太有点儿郁闷地答道。

“我觉得你一定是做了什么坏事，她才会这么打你的。”布林德尔太太说。你瞧，每一个读了故事的人一定都知道她是一头坦率又有良心的奶牛，虽然没有穆福太太那么聪明，但我觉得，她是一头更有原则的牛。

“管她呢，”穆福太太避重就轻地说，“反正我真心不希望她来，农场主也是这么想的。”

“但是我能做什么呢？”布林德尔太太忧心忡忡地问。

“我会告诉你的，”穆福太太说，“她寄来的信从头到尾都在强调那头英国奶牛和她的牛奶。如果她没法喝你的牛奶，那么或许她就不会待在这里了。”

“可是我到底该做些什么呢？”布林德尔太太还是很疑惑。

“你可以吃洋葱，这种东西会使牛奶变得很难喝。”穆福太太大胆地建议说，“我已经听海恩斯太太这样说了不下一百次了。”

“但是这样做农场主和海恩斯太太会同意吗？”布林德尔太太疑惑地问道。

“只要这样能赶走那位讨厌的客人，他会同意的，而且海恩斯太太也不想让她来。”穆福太太信誓旦旦地答道。

“那么我上哪里去弄洋葱呢？”布林德尔太太有些不确定地问。

“我可以帮你弄到洋葱，要多少有多少。”穆福太太说，“这里有一块农田种满了洋葱。它们不太沉，远远没有半只小猫或者半只大兔子重，我可以一次从田里带回来很多洋葱。”

“可我这辈子从来都没吃过洋葱啊。”布林德尔太太迟疑了一下说。

“凡事都要有第一次的，”穆福太太极力鼓动道，“你考虑一下吧，我会弄清楚伊丽莎·克拉格什么时候来，然后告诉你更多消息。至于洋葱呢，你放心，我敢保证这是一种很棒的蔬菜，最起码跟其他蔬菜一样味道鲜美，营养丰富。但是对我而言，相对于所有做熟了的蔬菜来说，我更喜欢生鱼的味道。我们星期五总是会吃点儿鱼。”

“那伊丽莎·克拉格打你耳朵的那天是星期五吗？”布林德尔太太追根究底地认真问道。但是穆福太太此时却假装没听见她的问题，敏捷地翻过石头墙跳进屋子里去了。这是星期二的事情了，星期四一大早，穆福太太就匆匆忙忙地跑进了田里。

“亲爱的，伊丽莎·克拉格明晚就要来了。今早刚收到的那封信上是这么说的。信里跟上次说的一样，跟以前一样令人厌恶，信里处处都在提英国奶牛和她的牛奶。当农场主听到信的内容时，他还骂了一句。而我要告诉你的是，他说特别希望伊丽莎在农场停留期间，布林德尔能吃洋葱。我听到他这么说了，所以现在你不要再犹豫了。”穆福太太唾沫横飞地继续说道，“当时我正好躺在海恩斯太太的椅子后面，忍不住大声地喵了一声，海恩斯太太说：‘瞧啊，约西亚！你曾经不小心踩到了穆福的爪子，她就大发脾气在屋子里到处跑。我想知道你到底有没有因此感到羞愧。’然后海恩斯先生对我说他感到非常抱歉，他说：‘我倒希望我踩到的是伊丽莎。’说完之后，他点上烟斗，惆怅地说这是他在这个家变得鸡飞狗跳之前安静享受的最后一支烟了，他也不知道还有多少安生日子可过。说完他就出去了。他明晚要去火车站接她。”

“什么是火车站？”布林德尔太太迟疑地问道。

“就是那个你能看到在冒烟的地方。”穆福太太含含糊糊地回答道。

“那些烟是怎么把她带到这里来的？”布林德尔太太继续追问。

“我也不太清楚，”穆福太太回答道，“但是我知道先过来的是烟，然后过来的是一些长长的箱子，人们会陆陆续续从里面走出来。有一天我过去看过。”

“我真希望自己懂的跟你一样多。”布林德尔太太崇拜地看着穆福太太说。

“其实我知道的也不是很多，”穆福太太谦虚地说，“再说了，我出去的次数毕竟比你多。”

布林德尔太太总是很羡慕穆福太太知道得多，那就让她说她想说的吧。而我必须承认，相比于穆福太太的性格来说，我更喜欢布林德尔太太的性格，我总认为穆福太太跟所有的猫一样，太狡猾了。见多识广固然很好，但是待人接物还是以诚为贵。

对于海恩斯来说，我必须说句公道话，他的确有很多讨厌伊丽莎·克拉格的理由。她为人自私，而且对人也不友善，谁也别想着能少为她做点儿事，一点儿事都不能少做。农场主可不愿意看着自己勤劳善良的老婆每天为了这种人累死累活的。海恩斯太太患有玫瑰花粉热，病如其名，当玫瑰花被风吹动的时候，她就不太舒服，说来也巧，这会儿她正好病了。而且她为了迎接客人的到来，来来回回地张罗了一整天，挂白窗帘、做蛋糕等，因此，当晚上马车载着伊丽莎·克拉格到来的时候，她感到非常疲惫。屋漏偏逢连夜雨，她打算出门接伊丽莎的时候，正好踩到门口的石头，一下子又崴了脚，于是农场主只好把她背进屋里，可怜的海恩斯太太现在连站都站不起来。

现在各种事情都凑到一起了。可是伊丽莎·克拉格根本就没怎么注意到可怜的海恩斯太太崴了脚。她现在最在意的就是那头英国奶牛什么时候挤奶。

穆福太太拿来了洋葱

与此同时，穆福太太也没闲着。当马车的车轮响起的时候，她就马不停蹄地去找洋葱了。接着她给布林德尔太太吃了好多好多洋葱，直到她撑得再也无法下咽，穆福太太则一直坐在旁边看着她。

“它们尝起来没有那么难吃吧？”穆福太太问道。

“是的，”布林德尔太太说，“虽然它们尝起来确实没有胡萝卜或者苹果那么好吃，但无论如何它们是新鲜的，而且洋葱可以让我的奶质变差。”

“另外，”穆福太太补充说，“你尽到了自己的职责，这点也至关重要。”

“可是伊丽莎·克拉格大概不会这么想。”布林德尔太太回答道。

“谁在乎她怎么想？”穆福太太说，“她明天就会过来看你，她会过来确认你是不是还活着。信里面好像提到了牛是不是还活着之类的话，反正是很长的一句话，我也记不清了。”

那天晚上到挤牛奶的时候，洋葱还没对牛奶发挥作用，伊丽莎喝了整整两杯牛奶，还说她之前从没喝过如此好喝的牛奶，她希望给她姐姐的两个小孩写信，让他们也过来尝尝，这牛奶对他们的身体也有好处。

穆福太太听到那可怜的农场主暗暗发牢骚。哼，随她今天怎么说，瞧着吧，明天可就不是这么一回事了！第二天一大早，可怜的海恩斯太太脚就疼得下不了床了，更没法去挤奶了。

农场主刚开始挤奶的时候，他就知道发生了什么。“我的老天！”他惊叹道，“布林德尔还真吃了洋葱！她从哪儿搞到洋葱的呢？反正她已经吃了，谁还在乎她从哪儿吃到的呢。”所以他假装什么都不知道，还是像往常一样挤奶，然后把牛奶端到吃早饭的桌子上。由于海恩斯太太出了意外，换成农场主去挤奶，所以耽误了一点儿时间，但牛奶端上来的时候还是热腾腾的。

伊丽莎满怀欣喜地端起牛奶，但当她喝到第一口时，马上尖叫了一声，然后问道：“那头英国奶牛到底出了什么问题？简表姐，你赶紧尝尝。”

“伊丽莎，我不能喝牛奶，”海恩斯太太说，“我本身就不喜欢牛奶，我身体健康的时候就不喝牛奶，况且我现在很不舒服呢。”

“不能尝那你闻闻也行啊，看看这牛奶是不是不对劲。”伊丽莎不依不饶地说。

“我也闻不出来啊！”可怜的海恩斯太太委屈地说，“你知道的，我本身不喝牛奶，更没办法判断这牛奶到底是不是有问题了。”

“我再也不想喝这个牛奶了！”伊丽莎·克拉格厌恶地说，“这实在是太难喝了！”

“约西亚，出什么事了吗？”农场主刚刚打算吃早饭，海恩斯太太突然有些担忧地问他，“布林德尔发生什么事情了吗？”

“没有啊，”农场主说道，“什么事都没有，她好得就像娇艳的玫瑰花一样。”

“但是伊丽莎说她根本没法喝那个牛奶。”

“哦，这个呀，”他开玩笑说，“伊丽莎，你来自波士顿，肯定不知道什么是真正的好牛奶。这可是刚挤出来的牛奶，你以前一直喝的都是挤奶工挤的奶吧？”

伊丽莎可丝毫不领情，她还是继续争辩说牛奶太难喝了，她问那头英国奶牛是不是生病了。

“曾经得过病，”海恩斯太太想了想回答说，“去年一月份我们都以为她熬不过来了。”

“她得过病？”伊丽莎惊呼道。

“是的。”农场主说。

“那这个病是不是来得非常快？”她又问。

“是的，非常快。”他说，看到伊丽莎越来越气急败坏，他心里暗暗希望她会离开。

“那么，”伊丽莎大声抱怨着，“现在它得病了，我昨晚喝了它的奶，我是不是也可能染上肺炎？医生说过我要是再染上肺炎，我可就熬不过去了。天哪！我该怎么办？我必须回家了，我今天就得走！”

现在不管海恩斯夫妇怎么说，怎么证明那头英国奶牛现在很健康，都无济于事。事情最后是怎样的呢，农场主很快重新套上马车，这次他可是满心愉悦、开开心心地送伊丽莎·克拉格去乘坐十点钟的火车。

在马车离开院子之前，穆福太太跳过石头墙想给正在等着吃洋葱的布林德尔太太一个惊喜。“她走啦！她走啦！”穆福太太一看到布林德尔太太就大喊道，看这样子她可能激动得快要患上猫类哮喘病了。

“谁走了？”布林德尔太太奇怪地问道。

“伊丽莎·克拉格。”穆福太太兴奋地说。

“真的？她已经走啦？”布林德尔太太高兴地惊呼道。

“真的，”穆福太太说，“她以为你又得了你去年冬天得的那个病，我可说不上来病名，而且还以为会传染给她。”穆福太太再也无法压抑内心激动的心情，在草地上开心地打起滚来。

“她终于走了！”穆福太太说道，“这个坏心眼的家伙！她还没进房间，我就听见她问海恩斯太太是不是还养着那只老猫。她竟然用了‘老’这个字！”穆福太太继续生气地说，“我必须说的是，伊丽莎她至少比我老十四倍！我倒想看看她还敢不敢再这么说了！”然后穆福太太“嗖”的一下跳到空中抓到一只大蚂蚱吃了。谁叫那只倒霉的蚂蚱跳得太低又离她那么近呢。

当农场主从村里回来的时候，海恩斯太太问他：“约西亚，布林德尔到底怎么了？”

“她一切安好！什么事都没有。”他说。

“但是那牛奶不是尝起来很奇怪吗？赶紧告诉我是不是果真如此。”

“是的，”他说，“牛奶的确很难喝。”

“那是什么使牛奶尝起来那么难喝？”

“布林德尔吃了洋葱。”他回答说。

“老天爷！约西亚，你喂她吃洋葱了吗？”海恩斯太太问。

“我可没有喂她。”说完他俩都放声大笑起来。

“可是让我搞不懂的是，”农场主说，“布林德尔是从哪儿弄到那些洋葱的呢？”

恰巧穆福太太这个时候进来了，她那黄色的眼睛里带着一种会意的眼神。农场主大笑起来：“我敢打赌穆福知道这其中的奥秘！我向你们保证，如果马萨诸塞州连一根胡萝卜或一个苹果都没了，我跑到加利福尼亚也要买给布林德尔吃，一定好好补偿她这次吃了那么多洋葱！”

设得兰矮种马康特利的故事

希望大家还记得穆福太太和拿破仑的母亲，也就是布林德尔太太，她们共同生活在海恩斯农场。接下来要讲到的设得兰矮种马，很小的时候也生活在这里。

海恩斯先生有一个居住在俄亥俄州的妹妹，她想给她的小儿子买一匹小马。海恩斯先生住在新罕布什尔州，这里的居民们懂得许多关于马的知识，所以她就给哥哥写了一封信，希望他能为自己只有四五岁的儿子寻觅一匹小马。她的儿子太小了，还没有能力驯服小马，因此她希望海恩斯先生能帮忙训练好这匹马，也就是驯化他，就像卖马商人说的那样，使这匹小马心甘情愿地让她的小儿子骑。

就像小男孩很难教育一样，小马也非常难以驯化。海恩斯先生告诉太太他要去波士顿卖马的地方仔细挑选一匹乖顺的小马。但事实上，在选购小马的时候，人们常常会被表象所欺骗，这跟教育男孩和女孩们一样，那些看起来很出色的孩子，可能是最糟糕的。但有一点是不同的，你只能买到一匹小马，却无法买到一个小孩。

海恩斯先生按照指示走进马厩后，眼前一亮，立即就被一匹漂亮的设得兰矮种马迷住了，他迫不及待地询问了这匹马的价格。小马的价格非常合理，只是他对这匹小马的品性尚有疑虑。

“呃，”售卖小马的商人一边把皮帽往后脑勺推，一边说，“我真不知道该怎么说。他还太小啦，你看，他还没钉脚掌呢。如果他愿意的话，什么都可以做得很好，但是这匹小马驹脾气倔强。他有时候很难喂，如果他的脾气上来了，可能就会一整天什么都不肯吃。”

海恩斯先生知道这对于马来说是个很严重的问题，于是有些犹豫，停下来思考了一会儿。

“也许，”他说，“你给他喂的食物他都不喜欢吃。”

“我给他喂的都是他喜欢吃的，”这位商人赶紧解释道，“但是他在发火的时候，就会啃木顶梁，不肯吃任何东西。”

“好吧，”海恩斯先生回答道，“毕竟他是匹非常漂亮的小马，我一眼就看中了。我现在对他一无所知，除了养上一个月试试看，也别无他法了。”

就在这个时候，那匹小马摇了摇头，用他明亮眼睛的余光倨傲地扫了扫海恩斯先生，那神情好像在说：“那你试试？”这彻底征服了海恩斯先生，他就这样开始试养这匹马了。

“他叫什么名字？”他问商人，“他现在有名字吗？”

商人边笑边说："我们给他取了个名字叫作康特利[1]。"

"我觉得这个名字就可以。"海恩斯也笑了。就这样，他们牵出了康特利，把他的皮毛擦得溜光水滑，海恩斯先生当天晚上就带他回到了农场。

那是五月时节一个美丽的黄昏，大约六点钟，穆福太太正和布林德尔太太一起坐在农场里小憩。当穆福太太看到海恩斯先生的身影出现在大路上时，她马上喊来了正在小溪边饮水的布林德尔太太："这就是那匹小马！"

"什么小马？"布林德尔太太问。

"天啊，你不知道这匹小马吗？"穆福太太回答道。其实她对那封来自俄亥俄州的信一无所知，也根本不清楚这整件事情，但她才不会在布林德尔太太面前露怯呢。

"他会住在这里吗？"布林德尔太太问。

"当然啦，"穆福太太回答道，"而且，你以后见到他的时间会比我还要多呢。他会住在畜棚里。真是一笔好交易。"

布林德尔太太缓缓抬起头看着康特利走了过来，她仔细端详了他一会儿，叹息了一声，喃喃念叨着说这匹小马让她想起了拿破仑。

"天哪，我听错了吗？"穆福太太尖叫道，"为什么呀？拿破仑的毛色跟他完全不一样，而且，如果拿破仑还活着，他都

---

① 康特利（Contrary），在英语中有"反抗、反对"的意思。——译者注

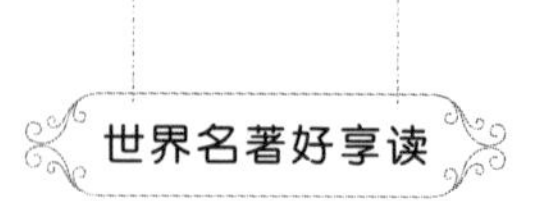

已经有角啦！”

“如果这匹小马活得够久，他也许也会长角的。”布林德尔太太不服气地奋力争辩说。

“才不会呢，”穆福太太尖声回答道，“他绝不会活到美图莎的年纪。”

“谁是美图莎？”布林德尔太太问。

“哦，别管她是谁了，”穆福太太其实自己也不清楚，她说道，“海恩斯太太有时候会说起她，我猜可能是她的姐妹吧。不过我现在可不想被打断，这会儿正是茶点时间呢，我想知道更多关于那匹小马的事情。”穆福太太说着就匆匆走远了，她堪称是这世界上好奇心最重的动物了！

像很多骄傲自大的人一样，穆福太太喜欢谈论自己压根不懂的事情。她要说的人是玛土撒拉，而不是什么美图莎。而且那是个男人，又怎么会是海恩斯太太的姐妹呢。

那匹新来的小马晚上就会待在畜棚里。海恩斯太太告诉她的丈夫，他牵小马去农场的时候，她想和他一起去畜棚里看小马。康特利前一天晚上已经很累了，但今天心情不错，所以还算精神。海恩斯太太非常喜欢这匹小马，而他就在这令人沉醉的美妙的春日暖阳里纵蹄疾驰着。

“你准备把他留在农场里吗？”海恩斯太太问。

“对，”海恩斯先生回答道，“据说动物喜欢伴儿，农场里有布林德尔，天气好的时候，穆福也会在那儿。”

有那么两三天的时间，海恩斯先生为了让康特利逐渐习惯周围的环境而没有给他安排过多的训练项目。除了晚上的时间外，康特利都适应得很好，因为他讨厌在晚上被关起来。每当雅各布召唤他回农场的时候，他都不愿意过去。但是雅各布要处理的事情太多了，每天叫康特利回农场都要狠狠地折腾上一番，占用他很多精力。有一天早晨，康特利看到雅各布带着一根绳子过来，要把他拴到篱笆上。如果这样的话，他可就只能在篱笆附近的方寸之地走动了，一看形势不对，康特利这才有所收敛。要不是鉴于眼前的危机，康特利可能会一直保持着这个坏脾气。如果那样的话，他一天到晚都会被死死地拴在篱笆上，除非海恩斯先生偶尔过来，看到康特利如此难受，于心不忍，劝雅各布放开康特利再试一次，如果还是不行的话就会再把他拴上一个星期。于是那天太阳下山之后，还有一些分寸的康特利在雅各布一叫他的时候就乖巧地迅速跑了过去，海恩斯太太对他的进步欣喜不已，还为此奖励了他三块糖。

接下来的两天一切风平浪静，但康特利很快又迷上了新的恶作剧。他喜欢飞快地绕着农场奔跑，路过穆福太太睡觉的地方时，他就从她的头顶一阵风似的跳过去，在她的头顶发出刺耳的嘶鸣声。大家都知道，穆福太太容易激动，所以当她突然被惊醒，发现康特利的蹄子正好擦着她的头发在空中挥舞，而她却根本碰不到他的时候，她便勃然大怒了。

她从没有遇到过这种事情。海恩斯先生家住在农场另一边的那匹马，大多数时候都对她非常尊重，当她想好好看看那个马厩，找出老鼠洞的时候，她甚至可以坐到那匹马的背上去。

“布林德尔太太，我再也不能在你这里睡觉了，”一天，穆福太太对布林德尔太太愤愤不平地说道，“我现在还没让康特利把我的脑浆踢出来，全是因为我命大。他钉上马掌之后，我就必死无疑了。”

“不会有事吧，你为什么不让杜宾先生[1]去和他说说呢？”布林德尔太太说。

穆福太太回答道：“我让他说了，有一次康特利就站在杜宾先生身边，杜宾先生跟他说了些话，但是我根本不知道康特利怎么回答的，因为杜宾先生永远也不会告诉我。不过我知道康特利没回答什么好话，因为杜宾先生说了，如果这是他自己的小马，他早就好好教训他了。不过他说设得兰矮种马几乎都被宠坏了，海恩斯太太经常给康特利吃糖这事也让他恶心。我不能理解，为什么聪明如海恩斯先生，竟然要给康特利钉上铁马掌啊？我不知道接下来还会发生什么，但靠近他就像是拿自己的生命赌博一样，这一点我倒是确信无疑的。”

不管穆福太太怎么想，康特利要钉脚掌的日子还是来了。那天早晨，他被牵出来的时候，一路挣扎，发着海恩斯先生所

---

① 杜宾先生，是海恩斯农场里的一匹马。——编辑注

说的“小脾气”，一步三回头地走上了那条不想走的路。人们又是哄他，又是用鞭子抽他，但是这些都没什么效果。康特利这样真是太蠢了，因为他自己也知道他迟早都会放弃挣扎。但这头年轻力壮的“小野兽”还是把事态变得更糟糕了——他把海恩斯先生顶到了地上，撕碎了他的外套，当然这对他一点儿好处都没有。雅各布带着绳子把康特利绑在了树上。然后海恩斯先生开始鞭打他，直到他低头顺服才停手回去换衣服。而康特利则被套上缰绳，牵给了铁匠。

对抗一直在继续，片刻未停。穆福太太跳上马厩的窗子，用后腿支撑着站在一个桶上，前爪放在窗台上，伸出头往窗外看着，然后她回过头对布林德尔太太说，要是她也有一条鞭子就好了，那样她非使出吃奶的劲儿来打康特利不可。你看，穆福太太还在记着康特利扰她清梦的仇呢。

但是你们相信吗？康特利被交给铁匠之后，他又像海恩斯先生说的那样发了顿小脾气，然后又结结实实挨了一顿鞭子才能老老实实地钉上脚掌。

不过，康特利毕竟只是一匹小马。没有任何一个小男孩会这样蠢：即使不为了这些照顾他的人和为他提供衣食的人，单是为了他自己，他也绝不会这样蠢。

最后康特利还是钉上了脚掌被带回了家。这个时候他的坏脾气已经消耗得差不多了，他情不自禁地为自己的脚掌感到骄傲，而且那天晚上，他一直用脚掌在地板的支架上踢来踢去，好听一听那清脆的声音，连杜宾先生都被他吵得不行。好了，康特利要学的下一件事就是装上马鞍好让他能载上一个小孩子，这件事可绝不是儿戏。

他用了几天的时间来适应脚掌。一天早上，大家正悠闲地享用早餐，躺在垫子上的穆福太太听到海恩斯先生问妻子，是不是可以请威利·布朗来训练康特利。

海恩斯先生说道："威利·布朗应该很愿意来的，训练的时候我会一直在那里牵着缰绳。不过这事也不急。康特利还得适应几天戴上马鞍的生活，在只有一张鞍褥的情况下，小孩子也得学着怎么骑马才能让自己坐得更舒服一些。"

第二天，康特利身上就被捆上了毯子，海恩斯先生用缰绳拴着他，让他尽情展示自己的本领（在这方面，海恩斯先生比我了解得多）。接下来的三四天里，康特利都做得很好，这让海恩斯先生非常高兴，他开始期待康特利随着年龄增长变得懂事一些，脾气能好一点儿，不再那么任性。但是杜宾先生悄悄告诉穆福太太说，海恩斯先生根本就不了解设得兰矮种马，这个小家伙恐怕会再带来麻烦的。他的担心是对的。第二天，海恩斯先生让康特利慢跑了四个小时，但康特利被迫慢跑的时候就开始发脾气了，怎么都不肯吃晚饭，整晚都在啃他的食槽，他吃了掉下的木屑，把自己弄病了。这样他就不得不吃药治疗，长达一个星期都不能再接受训练了。

穆福太太告诉杜宾先生，她觉得康特利生病的原因之一就是吃了太多的糖，她多么希望海恩斯太太能稍微克制一点，不要那么愚蠢，不要再在康特利只不过表现出一点点才能的时候就给他吃糖。她又絮絮叨叨地说了很多，追忆起自己受到的管理是多么的愚蠢，当她还是一只小猫咪的时候，她猜测海恩斯太太那时可没办法把大大小小的老鼠驱赶得像现在这样干干净净，更不要说穆福太太送给邻居家的那些小猫咪个个可都是捕鼠能手呢。

但是这对即将到来的一切毫无影响，马鞍还是按期制作完成，给康特利送了过来。至于康特利如此厌恶马鞍的原因，当然无人知晓。但他就是不喜欢这东西，当人们首次把马鞍放在他身上时，他从海恩斯先生的手里挣脱开来，剧烈地扭动着，很快就甩脱了马鞍，还凶狠狠地尝试着去撕咬这个压在自己身上的东西，最后甚至故意卧倒在一片泥泞中，使劲儿地打滚，把身上弄得一团糟。这种情况持续了三四天，人马俱疲。被惹急的海恩斯先生拿着鞭子狠狠地教训了康特利，康特利最终勉为其难地背着马鞍待了一个小时。但是马鞍被取下后，康特利闷闷不乐地站在墙边，杜宾先生耐心地跟他说着话，友善地希望这匹倔强的小马理解对于一匹小马驹来说，戴上马鞍可是他成长过程中一个很大的进步。康特利转过身，扬起蹄子朝着杜宾先生的脸恶狠狠地踢过去，并且还靠近过去，试图踢碎他的下巴。这样一来，杜宾先生大受打击，终于放弃了对康特利的劝说。

周日下午，家中其他人都去了教堂。他们几个都在外面的时候，杜宾先生告诉穆福太太和布林德尔太太说，从一开始他就很不忍心看到海恩斯先生在一匹设得兰矮种马身上浪费时间。他自己有个外甥，很是值得推荐，那匹小马驹脾气温顺、听从管教。看来现在一切都晚了，他对康特利已经死心了，再也不想为他做什么了，因为他再也无法相信康特利能做好或者能成为一匹为谁带来荣耀的小马驹了。

经过这番折腾之后，康特利的状态好像也变得越来越糟糕了。他再也不肯让人们把马鞍放在自己身上了，还哼哼唧唧地不肯吃食物，就连以前最喜欢的燕麦片都看也不看了，一有空他就不停地啃着马槽。有一天，雅各布刚刚给布林德尔挤出一大桶鲜美的牛奶，康特利飞起一脚就给踢翻了。天气酷热难耐，康特利这恶劣的脾气看似要把海恩斯先生逼疯了。农场里每个人都在议论这件事，海恩斯太太也曾恳求丈夫把这匹难以驯化的小马驹卖掉，以免再生事端，但心地善良的海恩斯先生却总是回答说："我要卖这匹小马驹的话，若是说了关于他的实情，恐怕是没人会愿意买这个惹事精的；但是如果不说实话，不让买他的人了解他能带来多大的麻烦，我又心有不安。而且，若是有人愿意带走这匹小马驹，就凭这个可怜的小家伙的臭脾气，丝毫不用怀疑，他非得被人家活活用鞭子打死不可。"

"那就把他绑紧一点儿吧，"海恩斯太太忧心忡忡地说，"否则的话，不等你驯化他，他可能就要了你的命了。"

“唉，我暂时还不能决定，”海恩斯先生慢吞吞地说，“实话实说，有时候我还挺同情康特利这个小家伙，如果他老实一点儿，不断地尝试着克服自己的顽固个性的话，他可能会过得很开心。我为他也是竭尽全力了，他每天都有大量的美味食物可吃，雅各布每天给他刷毛，我可是千辛万苦找到这附近最好的铁匠给他打了一副马掌，为他准备的马鞍也是精美到无法再精美了，还有那副马镫，锃亮锃亮的，就像一美元的硬币一样光鉴可人。他因为自己那糟糕的坏脾气，可是把这些东西都给糟蹋了。”“我相信他以后会更懂事些。”海恩斯先生有点儿伤心地说。

康特利让海恩斯先生烦恼不已，他连一向钟爱的茶都无暇顾念，浑身疲惫不堪，好似和康特利打了一架。第二天早上，海恩斯先生这种身心俱疲的生活却意外地可以画上句号了。因为天气酷热难耐，康特利整晚都被允许留在农场中，结果早上的时候他却消失了！当然，各个方面传来层出不穷的猜测。海恩斯先生认为小马驹是被偷走了，他用自己能想到的所有方式张贴告示进行宣传，想要找回小马。为了康特利着想，我希望也可以说他是被偷了，但不幸的是，康特利其实是自己逃跑了——从他宅心仁厚的主人这儿逃走了。这位主人对待他可谓是煞费苦心，每次不得不拿鞭子教训他时都是打在他身上，痛在主人的心里——对这匹小马驹心疼不已——更是在他身上投入了不少金钱和心血。

关于小马驹康特利，农场里还是有人可以告诉农场主海恩斯一些与他所想的不同的东西，那就是穆福太太，但是恐怕她的主人无法理解她。有一天晚上，穆福太太在农场里捕捉田鼠。那天风清月明，旷野静谧而美丽，穆福太太非常喜欢年幼的田鼠，因此静静地等候田鼠出现，她知道康特利也在农场里待着，但她以为他早已安然入睡了。让她大吃一惊的是，她突然看到这匹小马驹从自己的头顶呼啸而过，一个挺身跨过石头围墙，沿着大道飞奔远去，转瞬间就只剩下一个隐约的身影。穆福太太缓慢地站起身来，蹿上墙头，看着这匹桀骜不驯的小马驹的身影逐渐远去。虽然穆福太太不如他的朋友布林德尔太太那么忠厚可靠，但她尚有伸张正义的凛然之心，能够分辨对错，她对康特利这种忘恩负义的行为大为震惊。但是她能做些什么呢？当清晨的朝霞一抹抹照亮了青翠的农场时，她仍旧无计可施，想到布林德尔太太可能已经醒来，也许她愿意听她说说这些事呢。于是她扭转身子毫不犹豫地朝着畜棚飞奔而去，把正在睡觉的布林德尔太太叫醒了。她问布林德尔太太：“昨晚你看到什么东西了吗？”

农场非常大，布林德尔太太一直待在另外一块区域里，而且这一大片土地的中间还有一处隆起，像是一座山，你根本无法从这边看到那边，刚刚从睡梦中醒来的布林德尔太太迷迷糊糊地回答说：“没有看到什么啊。”

“好吧，我告诉你吧。”穆福太太说道，“康特利不见了。”

“不见了！”布林德尔太太直接跳了起来，“你也把他藏到干草堆里了吗？”

“别瞎说！”穆福太太烦躁地说，“你永远都忘不了那件事了吗？”

“我永远都不应该忘。”布林德尔太太忧伤地说。

“好吧，先不提这个了。”穆福太太说道，“我跟你讲，康特利逃跑了。”

“你怎么知道的？”布林德尔太太问。

“我亲眼看到了，”穆福太太回答道，“昨天晚上，我看着他翻过墙，用最快的速度绝尘而去，毫无留恋之意。”

“那你准备怎么办？”

“我还不知道，”穆福太太回答道，“我可以尽力‘喵喵’叫，以此让那些用两条腿直立行走的人理解我的意思，尽管他们其实很难理解。我如果‘喵喵’叫的话，海恩斯太太通常只会认为我想开门，想吃东西或是喝点儿牛奶什么的。你知道吧，我告诉过你的，当初我的小猫们掉进水箱里的时候，我一直大叫，直到它们被淹死，海恩斯太太都还以为我是在小题大做。真奇怪，我可以理解她的意思，她却完全不能理解我。不过看她究竟能多蠢也是挺有意思的，尽管我尽量直白地‘喵喵’叫着告诉她我想去哪里，她有时候还是会把我关在连一只老鼠都抓不到的地方。看，海恩斯先生来了，我猜他一定会大吃一惊的。”

海恩斯先生的确大吃了一惊。他去农场转了一圈找康特利，又去了山丘的另一边找，不过这些都没有用，康特利跑了。接下来我要讲讲他跑去了哪里。清晨，康特利刚发现自己完全自由了的时候，他觉得世界上再也没有比这更让人高兴的事情了。他在路上欢快地狂奔着。这里是一片荒凉的土地，行人寥寥无几，人们有时候会注意到他模糊的剪影，但转瞬就完全忘记了。所以尽管这样一匹漂亮的小马在路上奔跑，很有可能被人注意到，但是并没有任何人来阻止他。他这样一路飞驰，渐渐感觉到又饿又累。他既吃不到雅各布以前每天给他精心准备的精致早餐，也喝不到装在干净漂亮的小桶里的清甜的水。他走到路边的一处地方，找到了一摊积水。那摊水只有一点点，而且非常脏，但总比没有强，于是他就咬着牙喝掉了，喝完之后他站在那里环顾四周。这是一处看起来废弃了的地方，农田犁得乱七八糟，中间是个东倒西歪的房子，房子旁有一个猪圈，还有一个看起来比房子状况还差的马厩。这里跟他逃出来的那个漂亮的家截然不同。不过他还是决定去马厩那儿看看有没有什么可吃的东西。康特利没有注意到马厩后面有两三个男孩在玩耍，他们屏气凝神地紧盯着康特利离马厩越来越近，最终勇敢地走进了这个半掩的马厩里。康特利眼前经历了一两分钟的黑暗后，马厩的门“嘭”的一声关上了，康特利被孩子们关在了马厩里，无力逃脱。这些孩子中有两个就住在康特利看到的那个歪歪扭扭的房子里。他们都是坏孩子，不过这个时候，我也不知道他们坏到何等程度。他们的父亲本身就是个不折不扣的坏人，从来没有教过他们任何好事，而他们的母亲是个病恹恹的可怜妇人，治病的事情已经让她心力交瘁，根本无暇顾及她的孩子们。

这两个男孩子分别叫汤姆和杰克，他们都喜欢往家里带任何他们可以带的东西，不管是活物还是其他什么财产。没有人告诉过他们这样做是不对的。如果这些东西值钱的话，他们的父亲就会抢去卖掉，把卖掉的钱留给自己用。

他们的父亲经常不在家。他们也不知道他去了哪里，做什么。不过他们还是很害怕他，因为他一回到家就经常打他们。他们偷到东西之后就会尽量把偷来的东西藏起来，如果父亲不在，他们就会悄悄把东西卖掉。

这匹小马简直就是一份从天而降的幸运大礼。他们几乎都不敢相信自己真的抓住了他。父亲不在，尽管他们不知道他具体什么时候回来，但推算他至少会离开一个星期。因为这次是警察把他带走了，他每次被警察带走的时候都会至少一个星期不回来。

他们把康特利五花大绑捆了起来，康特利害怕得全身发抖，都不会蹬蹄子了，更别提那种又饿又累的无力感了。捆好康特利之后，下一件事就是给他找点儿吃的。马厩里当然不会有吃的，而且他们也没有钱。所以康特利一整天都被绑在一个破旧的马槽上，在一片黑暗中挣扎，水米未进。

他的脑海中不断地想起那个温馨的家，那片他可以随意在上面飞驰的绿油油的美丽草场，他那好心的主人，还有在他表现好时带着满满一口袋糖果出来犒赏他的海恩斯太太。

接近晚上十点钟的时候，男孩们回来了，怀里抱着偷来的干草。他们没偷到很多，不过康特利能吃到这些干草已经够开心了。一个男孩用一个破桶盛了一些水给他喝。他们使出全身的力气，把马厩的门扣好之后就走了。

康特利整晚都醒着，饥肠辘辘，面对这一切却无计可施。他被绑着，没法逃跑。他在本不应该逃跑的时候，从一个温馨舒适的地方跑了出来；现在是时候逃跑了，他却逃不掉了。

然而世事总是如此，都是悔之晚矣。第二天过得跟前一天晚上一样，沉闷又冗长，除了黄昏时分，杰克带来两三根红萝卜外，什么吃的都没有。康特利不喜欢吃红萝卜，如果在海恩斯家里，他是碰都不会碰的，但是现在连红萝卜尝起来都特别美味。

第三天早晨大约七点钟的时候，康特利听到外面传来一阵声音，不久马厩的门就被打开了，一个看起来比汤姆和杰克大两三岁的男孩走了进来。

“我敢打赌，”那个最大的男孩说，“这就是寻马启事里的那匹小马。那个寻马启事到处都是，商店里也贴了。我猜是你们把他偷偷抓来的吧。”

“我们没偷他！”汤姆和杰克异口同声地反驳道，“他自己来的。”

这倒是真的，不过汤姆和杰克撒谎精的名声众所周知，没人会相信他们。所以做个撒谎精也很不方便啊。那个大点儿的男孩严厉地警告汤姆和杰克说，他一点儿也不信他们说的，而且他要把警察带到这个马厩里来，把他们送进监狱。

这两个男孩子听到这些话，又看到大男孩找警察去了，他们一下子失去了勇气，觉得现在最好的办法就是把康特利放走，让他走到大路上去，然后他们躲到森林里，就像以前经常做的那样。

至于康特利，他一回到大路上，转身离开这个让他历尽苦难的可憎地方后，就用他最快的速度向来时的方向奋力奔跑着。饥饿与鞭打，还有接连而至的各种打击使他虚弱得几乎无法快速奔跑。自从逃走以来，他就只能睡在泥土上，以至于没有人能把眼前这匹看起来又脏又惨的小马跟几天前离家时那匹干净漂亮、意气风发的小马联系起来。

而最悲惨的是，他感到非常羞愧，因为他很清楚地知道自己做了什么。他意识到自己三四天前不告而别离开家的行为，是多么的任性。他决定从此再也不做这样恶劣的事了。

当农场出现在他的视线中时，他情不自禁地放慢了脚步。首先映入眼帘的就是从马厩的窗子里伸出的穆福太太的头，她正像往常一样站在她的桶上望着那条路。他看见穆福太太的同时，穆福太太也看到了他，并且马上就从桶上蹿了起来，跳到了房子前的路上。这时海恩斯先生正好用完早餐走出来。

“老婆，我猜穆福刚刚抓到了这两天夜里一直偷吃杜宾先生谷物的那只最大的老鼠。”他说道，“她看起来好兴奋。”

于是他往马厩走去，当然，康特利正站在那里。当康特利心地善良、性情温和的主人为他打开门让他进来，而他脏兮兮的鬃发擦过自己主人的脸时，他是多么的羞愧啊。

这个时候，海恩斯太太正好走出来想看看外面发生了什么情况。

“你觉得他去哪儿了？”海恩斯太太疑惑地问道。

“我不知道，”海恩斯先生回答道，“不过，我觉得他的日子一定非常不好过，我们得尽快为他清理一下，不过得先让他吃点儿东西，这个小可怜。”

于是他们让雅各布喂了康特利一些质量上乘的谷物与燕麦，康特利闷着头不停地吃，直到人们开始担心他再吃会出事才停下来。然后雅各布给康特利从头到脚清理了一遍，让他看起来好看一点儿，接着他就被放回到了草场上。他对自己得到如此的优待心有不安，不过他毕竟只是一匹小马而不是一个小男孩，所以他很快就把这件事抛到了脑后。其实，我倒希望小男孩们可不要把这种事忘记得这么快。

无论如何，接下来的日子里康特利都表现得很好。第二天早晨，人们把马鞍带来的时候，他没有像以前那样拒绝，也没有挣扎着跑到农场的另一头，而是按照要求穿好了马鞍。不用一个星期，小威利·布朗就可以骑着他转一圈了。康特利表现得很好，于是布朗夫妇和威利来自多切斯特的姨妈都来看威利骑马，威利甚至觉得世界上再也不会有像海恩斯先生一样的好人了，也不会有像康特利一样好的马了。

这些让威利高兴不已的事情都发生在六月，而且威利现在已经不用缰绳就可以骑马了。海恩斯先生给他的妹妹写好了信，告诉她再过几个月就可以把康特利送给她了。

独立纪念日[①]就要到了，全国各地都将开展各式各样的精彩演出。不幸的是，海恩斯先生的邻居有一大片荒地，并且习惯于让马戏团的老板们在那里搭帐篷。

海恩斯先生的草场尽头与这块荒地毗邻。七月的第一个星期，一个小马驹马戏团的老板在那里安营扎寨准备表演。这里面有一两匹设得兰矮种马，马戏团的老板常常在表演结束后让他的小马在草地上休息，而小马们也不敢逃跑。

康特利很快就跟这群小马混熟了，看起来他就像住在了草场尽头。威利·布朗去看了演出，康特利听到了许多议论，关于小马们表演的把戏如何厉害，他们的服装如何华丽，以及观众们如何用数不清的糖果来投喂他们，还有那两匹分别叫作安东尼和克里欧佩特拉的小马表演得多么出色等。康特利开始忍不住又动起了念头。多么愚蠢的小马啊！他根本无须筹划着去

① 独立纪念日，美国国庆节，日期为每年的7月4日，以纪念1776年7月4日大陆会议通过《独立宣言》。——译者注

做一匹表演马。他的虚荣心太强了，觉得自己可以做到别的小马都能做到的事情。他在不停地盘算着，幻想着坐在自己的后腿上发射信号枪，这该是件多么有趣的事情啊。

像往常一样，穆福太太敏锐地察觉到这匹小马心中汹涌的暗流。她告诉布林德尔太太说，她确定康特利又要出乱子了。

“我怎么看不出会出乱子，”布林德尔太太说，“你是什么意思啊？”

“你怎么会看不出来？他一直在马戏团旁边，看着那些小马，跟他们越来越熟，我觉得他一定会跟他们一起走掉的。”穆福太太惊讶地说道。

“我不信。”布林德尔太太说。

“人们不想相信什么事的时候总会这么说。”穆福太太回答道，“不过他跑了以后你就会相信了。”

第三天的表演结束之后，马戏团老板显然要收拾东西准备离开了。康特利站在那里看着其他的小马，好像挪不开视线一样。欺诈成性的马戏团老板已经不是第一次注意到康特利了，刚好他正想再要一匹小马来跟安东尼和克里欧佩特拉一起演出，至于得到小马的方式，他根本就不在乎。

他想，如果能偷到这匹小马就好了。于是他在安东尼身旁放了一些谷物，而安东尼也清楚地知道他应该怎么做。很快，康特利就麻利地跳过石墙，站在了安东尼身边吃那些谷物。得到康特利真是一点儿都不费功夫，天黑前就已经办成了。唉，其实这都是因为康特利自己想要跟他们一起走。

于是，第二天早上又发生了曾经非常熟悉的一幕：到处都找不到康特利了。

奇怪的是，没有人想到这可能跟那个马戏团有关。至于穆福太太呢，她的确是想到了那个马戏团，不过就像她之前评价的那样，她身边的人都太愚蠢了，所以尽管她知道这些，还是一点儿用都没有。

“可能他会像上次那样自己回来呢。”海恩斯太太劝慰道。

“可能会，”海恩斯先生郁郁寡欢地说，“不过我觉得我还是应该做点儿什么，唉，如果我知道该做什么就好了。我大概需要像上次一样张贴一些告示，也许上次就是这些告示帮康特利回来的，尽管我也不确定是不是。”不知道大家还记不记得，其实上次的事情的确正如海恩斯先生推测的这样，那些告示发挥了作用。

同时，康特利正被尽快地带离他被偷的这个小镇。马戏团老板觉得自己已经走得够远、够安全的时候就立即停了下来，开始着手安排下一次演出。康特利从来没想过他应该怎么配合其他的这些小马，他正激动地准备加入演出的时候，安东尼和克里欧佩特拉与他的一段对话让他大梦初醒。

安东尼问他的第一件事就是，他怎么会愚蠢到被抓住呢。

对此，康特利回答说他是自愿被抓住的。

“你是说，”安东尼狐疑地盯着康特利的脸说道，“你是自己想来这里，从那个舒适的家里出来学做一匹表演马？”

“对啊，有什么问题吗？这很有趣啊，难道不是吗？”可怜的康特利仍蒙在鼓里，他狐疑地问道。

“有趣？”安东尼说，“把前腿举得高高的，坐在后腿上直到精疲力竭，一天十次，每次一刻钟，当你真的这么做了再来说有趣不有趣吧。”

“我才不会做这个。”康特利说。

“你才不会做这个？”安东尼说，“见到汤普森先生之后，我猜你就会做了。”

“汤普森先生是谁？”康特利问。

“他是训练小马的人，很快你就知道他是谁了。”安东尼说。

克里欧佩特拉跟安东尼说的一样，除此之外，她还告诉康特利最好赶紧回家。不过这很难，因为他是匹漂亮的小马，而且马戏团非常需要他。

第二天，康特利就知道汤普森先生是谁了。而且，因为他天性执拗，而汤普森先生正好也是这样的人，因此康特利的日子就变得非常难过。汤普森先生的鞭子和海恩斯先生的鞭子可不一样。三四天之后，康特利发现自己最好听话一点儿，而且事实上，他已经被根植于头脑中的深深恐惧征服了。汤普森先生告诉马戏团的老板，一开始他觉得即使把康特利抽死他也学不会任何东西，不过现在他对康特利有了一点儿信心。除此之外，康特利还吃不饱，因为马戏团的人害怕他吃得太多会胖得不能好好地靠后腿直立。综合这些来看，康特利确实不会觉得做一匹表演马是件有趣的事情了。

不久，他们买了一只猴子，因为康特利不像预期的那样能掌握那些技能，他们决定开始研究怎样让他背驮一只猴子来亮相。正是这种表演，把康特利从水深火热的生活里解救了出来。

威利·布朗害怕康特利丢了之后再也找不回来了，尤为伤心。为了让他开心起来，布朗太太八月份的时候决定带着他去五十英里外的小镇看望他的表亲们。

当他们到那里的时候，威利自然而然说起了康特利跑丢的事情，以及他如何为此伤心哭泣。他的叔叔为了安慰他，说道，过几天这里会来一些表演马，所有的小朋友都会去看。威利感谢了叔叔的好意，但是他说不会有任何一匹小马能够比得上康特利。

“好奇怪的名字呀。”威利的阿姨玛利亚说道。

“对，有时候康特利不会照要求做事情，这就是他名字的来历。”威利接着补充道，“不过，我觉得他在做了错事后都会忏悔的。”

你看，威利受不了任何人来指责康特利。我觉得，康特利身上一定有没被发现的优点，不然怎么会有这么多人喜欢他呢。

“威利，你一看见他就能认出他来吗？”他的叔叔问道。

“当然了，”威利说道，“叔叔，我在哪里看到他都能认出他来。”

“那在看演出的时候睁大眼睛，”他的叔叔说，“有时候马戏团的人会偷走长得漂亮的小马。”

看演出的日子到了。威利一直记着他叔叔告诉他的话。

安东尼和克里欧佩特拉发射了信号枪，跳了一会儿舞，又表演了一些把戏之后，马戏团的人宣布朱利叶斯·凯撒要表演他最拿手的“跨过卢比孔河”。

康特利背着朱利叶斯·凯撒一跃而过

我觉得没有多少人比那只猴子更懂得跨过卢比孔河是什么意思，不过这也不重要。这里的卢比孔河是一个高高的台子，康特利驮着朱利叶斯·凯撒，轻松地跳过这个台子。他不在乎这个台子，因为他在家的时候就喜欢跳过高墙，越高越好。不过威利看到这匹小马的一瞬间，就喊了出来：“叔叔，那就是康特利！”

“你确定吗？”他的叔叔说。

“确定，确定！”威利喊道，“康特利！康特利！”

康特利听到有人在喊他的名字，就转过身想跑向威利，全然不管朱利叶斯·凯撒该做什么。

“不管怎么说，你用这个名字叫应了他。”威利的叔叔说。

这个时候事态有些混乱：威利站了起来，使出浑身的力气，用他最大的音量呼唤着康特利的名字，而康特利试着挣脱绳子奔向威利。马戏团老板走上台前，说这个小男孩搞错了，这匹小马的名字叫杰克，是他从南卡罗莱纳州买来的。

“但是，如果他叫杰克的话，我叫康特利，他为什么会有反应呢？这可不是个常见的名字。”威利说道。

威利的母亲近距离看了看这匹小马后，也支持威利的说法，说她确定这就是海恩斯农场主的小马，而且她还知道这匹马可从来没被卖过。

最后有人叫来了警察，尽管马戏团老板捏造了数不清的谎言，康特利还是被执行吏带走了，等着海恩斯先生来认领。

当海恩斯先生收到布朗太太的来信，让他尽快去韦勒姆带回康特利的时候，想象一下海恩斯农场里的激动气氛吧。

穆福太太在马厩里跑了一整圈去找布林德尔太太，对她说自己确定康特利又有新消息了。

“是什么新消息？”布林德尔太太用她惯常的平静语调说。

“就是关于他跟那些表演马在一起的消息。”穆福太太静静地坐在窗子下的桶上回答道，“不过我还没搞清楚整件事情。但是你看，我之前就说他会出乱子吧，我说的话没错吧。我一直都是对的。”

“我知道你是对的。”布林德尔太太说，“不过让我很震惊的是，聪明的你竟然会把干草都堆在可怜的……”话还没说完，穆福太太已经跳下窗子走远了。

布林德尔太太瞪着大大的眼睛，呆呆地望着穆福太太远去的背影。

“我想知道，”她对杜宾先生说道，“‘干草’这个词到底有什么特别的意义，为什么让她如此恼火。”杜宾先生听说过这个故事，并且印象非常深刻，因此谨慎地对这件事不予置评。

同时，海恩斯先生也准备好尽快动身去韦勒姆，他到达那里的时候——那次特殊的见面真是令人印象深刻啊。海恩斯先生一眼就认出了康特利，然后告诉警察他从未把康特利卖给马戏团的老板；那个老板随即就因为偷窃而被逮捕了。想想康特利听说这个老板被逮捕时，心里是什么滋味吧，他不断自责自己竟然自愿跟随了马戏团老板，他是那么的愚蠢且不知感恩，当初还一心盼望着离开海恩斯先生这么好的主人。不论从哪方面看，马戏团的老板都是想偷走康特利的，因为他知道养护得这么好的小马不可能没有主人照看。尤为重要的是，只有拥有一个好主人才能让康特利如此单纯。不过他毕竟只是一匹小马而不是一个小男孩，不能指望他记住什么事太久。康特利除了重回海恩斯先生的怀抱外，还可以永远离开做一匹表演马的悲惨生活——即使这曾经是那么令人欢欣鼓舞的事，但此刻他却是迫不及待地想远离！

海恩斯先生大发善心，告诉马戏团的老板，鉴于康特利毫发无伤地回来了，他可以不予追究，但希望将来他能做个诚实的人。

随后康特利就被带回了家。我很高兴地告诉大家，这是他出的最后一个乱子了。他终于认识到了做一匹听话的好马，留在一个环境舒适的家里，能学到很多小马应该知道的知识，要比为那个男人表演可笑的把戏好多了，况且那个男人只给他很少的食物，为了达到目的，根本不介意康特利会为此挨多少鞭子。

威利·布朗骑着康特利一起在农场里欢乐地跑了很久，以此来纪念康特利在农场里的日子。

十月的第一天，状态非常好的康特利被送到了俄亥俄州，给了海恩斯先生的小外甥。在那里，他的所有方面都令人无比满意。海恩斯先生经常听到关于康特利的好消息，其中一封信上，巴克太太说她的儿子乔治觉得康特利应该换个名字了，因为他简直无比温顺。但她还是告诉乔治，现在要换名字是很困难的，喊其他的名字来召唤康特利会很难，所以最好还是继续叫他康特利。不过现在这个名字有了新的意义：希望康特利能反对一切错误的事情，而不是像他曾经那样，反对正确的事情。

这就是关于这匹设得兰矮种马康特利的全部往事了。

灰鹦鹉和纽芬兰黑犬

康特利被送到俄亥俄州的主人身边后，农场的生活风平浪静，所有的工作也令海恩斯先生满意。到了感恩节的时候，海恩斯太太问先生是否愿意去马萨诸塞州拜访她的妹妹汉娜。

海恩斯太太的妹妹比海恩斯太太年轻许多，很久之前就搬到了马萨诸塞州住，海恩斯太太之后再没见过妹妹。妹妹嫁给了一个水手，有捕鱼帆船，并定居在海边城市。

“你觉得你妹妹会欢迎我们去吗？”海恩斯先生问。

“哦，是的，当然欢迎我们去。”海恩斯太太说，“汉娜已经邀请过我十几次了。她的丈夫刚刚出海去了，我们要是去了，她一定会很高兴的。”

“既然这样，”海恩斯先生说，“你还是写信给她告诉她我们要去，这样会更好些吧？”

“哦，不用这么麻烦，”海恩斯太太胸有成竹地说，“汉娜是一个非常棒的持家能手，我知道的。她家里总会有很多好吃的，即使突然有人去她家也没什么好担心的。”

所以，第二天早上，穆福太太就听说海恩斯夫妇乘坐着马车出发了，并且还了解到海恩斯夫妇离开的这个星期由布朗的姐姐玛莎来管家。“他们回来我会很高兴的。”穆福太太说道，“因为海恩斯太太告诉过玛莎·威廉姆斯，要把我的垫子放在靠窗的位置，这样我就能看到窗外的风景。但是玛莎忘了，她把我的垫子放到了房间的背面，在那儿我什么也看不见。玛莎·威廉姆斯却能独自享受外面的风景。”

这时候，海恩斯夫妇已经愉快地走在去往妹妹家的路上。路况不错，天气晴朗，所以他们五点多就到了。海恩斯太太坐在妹妹旁边同她聊天，而海恩斯先生则把马牵到了马厩里。

妹妹布里顿太太说很抱歉丈夫出去了，并告诉海恩斯先生可以随便转转，希望他能待得自在。

海恩斯先生说：“哦，没关系。”他觉得应该没什么问题。然后布里顿太太就坐回了姐姐旁边。海恩斯先生去马厩把马安置好，风平浪静，一切安好，但在他想回到屋里时，却一不小心走错了房间——他迷路了。

当他正在盘算该怎么回到房子前门的时候，他听见有人在说，“贮藏室里没有吃的，他们来干吗呢，他们到底来干吗？”他看不清是谁，但能看到他旁边客厅的窗户是开着的，是有人在里面说话。

海恩斯先生非常恼怒。“这是怎么回事，”他自言自语道，“什么都别说了，我非常想回家。”

就在那时候，布里顿太太出来了，说怕他找不到回前门的路，就来看看，果真他走错了方向。布里顿太太把他带回了海恩斯太太的房间。

布里顿太太见到他们夫妻二人真的很高兴，把自己能想到的好吃的都拿了出来。过了一会儿，布里顿太太的叔叔贝克先生回家了，海恩斯先生和他聊着聊着，就忘了刚才发生的事。

海恩斯夫妇住在了最好的卧室。海恩斯先生告诉妻子，他在这儿待不下去了，真不知道怎么办，并把刚才的经历告诉了妻子。

“不会吧，亲爱的，”太太说，“你一定是弄错了！”

“不可能弄错的，简，”先生肯定地说，“我听得一清二楚。”

“嗯，亲爱的，”太太低声劝慰道，“你听见什么吃的都没有，这不对啊，我们在这儿吃得很好，不是吗？”

“是啊，”先生迟疑了一下说，“是吃得不错，这点我不否认，但也许这不是给我们准备的呢，也许是给其他人准备的。”

“亲爱的，”太太耐心地安慰先生说，“无论如何我们今晚都不能走，明天我会把这件事弄明白的。我妹妹不会不愿意她姐姐在感恩节时来看她的，而且她一直跟我在一起，刚才不会是她。”

“我出去的时候她没离开过吗？”海恩斯先生迟疑地问道。

太太迟疑了一下，想了一会儿说：“她好像出去过，但那并不证明这就是她说的，相信我吧，明天我会把这事弄明白。”

“你要去问她吗？”海恩斯先生有点儿担心地问。

“当然要问，她是我妹妹。你去睡觉吧，这事交给我。”海恩斯太太说。

第二天吃早饭的时候，布里顿太太看起来和昨天一样高兴，桌子上摆着很多好吃的，她总说见到他们真的很高兴，尤其是每逢丈夫出海的时候，自己在家特别孤单。海恩斯先生这时候有点儿糊涂了，因为他确信自己昨天听到了那番话。

早饭后，布里顿太太说要带着他们四处逛逛，就穿过院子带他们来到客厅，当她打开门时，从屋子深处传来一个声音，说道：“你们来这儿干什么？”

“伊丽莎白女王，”布里顿太太大声斥责道，“我多希望你能懂点儿礼貌。”说着她走到一个大笼子旁，里面有一只灰鹦鹉，长着一颗猩红的头，还有一对尖尖的翅膀。

海恩斯太太看着海恩斯先生，仿佛是在说，我想，这下我们不用回家了吧。

布里顿太太接着说，她的丈夫去年从英格兰买下这只健谈的鹦鹉。她能学会整个句子，这让人十分吃惊。曾有人出 75 美元想买这只鹦鹉，但他们夫妇无论如何也舍不得卖。

布里顿太太开始给海恩斯夫妇讲一些鹦鹉说话的故事。她说，鹦鹉在英国待的地方早饭前有祷告的习惯，开始祷告前都会先把鹦鹉放出去，唯恐她说什么话逗乐了孩子们。但是有一天忘了把她放出去，当她听见祷告最后说“阿门”的时候，她却喊道：“加油，振作起来！”这时有人告诉管家把她带出去，要出门时她安静了，回头看看，并说道："真的很抱歉。"

海恩斯先生听到这个故事哈哈大笑起来，他认为这是说出昨晚之事的最好时机了，毫无疑问，那是这只鹦鹉说的。所以就和布里顿太太说了事情的原委，这件事便这样一笑而过了。

布里顿太太说要和她的叔叔出门两周，他们不知道这两周鹦鹉该怎么办。

"要是这样，"海恩斯先生说，"我倒有个主意，我们把她带回家去，然后等你回来再去我们家把她带回来。"

所有人都很赞成这个办法。当晚上喝茶的时候，海恩斯先生说真没想到会带一只鹦鹉回去，本打算带条狗回去的，他已经寻觅很久了，想要一条纽芬兰犬。贝克先生说他知道一条好狗，过去两年有人一直在卖，因为这条狗训练得很好，价钱很贵，一直也没人买。

海恩斯先生说如果真是条好狗的话，价钱不是问题。他决定第二天，也就是回家那天去看看。

海恩斯先生看到狗的时候，非常满意。这条狗一身美丽的黑色卷毛充满光泽，爪子强壮有力，柔韧性好，爪子甚至能举过头顶。

狗的主人说他受过很好的训练，曾经救过两个溺水孩子的命，如果让他看家，他一定会尽他所能的，什么都不会丢。因此这条狗名叫福迪斯，是忠诚的意思。

海恩斯先生很乐意买下福迪斯。福迪斯的主人和福迪斯说了几句话，福迪斯似乎明白了，在打量了海恩斯先生一番之后，他心甘情愿地跟着海恩斯先生走了。

第二天，海恩斯夫妇带着鹦鹉和狗起程回家了。

海恩斯夫妇下了马车，福迪斯也跟着下了车，最后鹦鹉出来了，不难想象这时候农场有多热闹。穆福太太弓了弓背，眼睛一眨不眨地盯着他们，眼看着福迪斯进了房间。福迪斯受过很好的训练，根本没理她。

一切看起来都很正常。几分钟后，一直待在外面的海恩斯先生带着鹦鹉进了房间。鹦鹉一进房间就喊道："太穷了，太穷了，桌子上什么吃的都没有。"

穆福太太听到鹦鹉说话吓坏了，直接从房间冲到了畜棚。

布林德尔太太正在津津有味地吃着胡萝卜，穆福太太冲进来把她吓了一跳。

"怎么了？"布林德尔太太问道。

"我也不知道，就是房间里有只鸟，居然能像海恩斯夫妇一样说话。"穆福回答道。

"你弄错了吧？"布林德尔太太温和地说。

"不会的，这回我可没弄错，"穆福太太接着说，"我亲耳听见的，不信你听，在这儿你都能听见先生的笑声。"

"好吧，"布林德尔太太说，"即使这样，她只是会说话而已，伤害不了咱们。"

"是伤害不了咱们，"穆福太太说，"那要是她跟太太告密怎么办！”

“如果这样的话我们也不用害怕她。”善良的布林德尔太太说道。

“可我害怕，”穆福太太说，“有很多事解释是没用的，我永远忘不了伊丽莎在这儿的时候给我带来的麻烦。我不过就是看看先生带来的鱼而已。”

但是不管穆福太太喜不喜欢鹦鹉，鹦鹉一直都在，太太坐在哪儿，她就在哪个房间的桌子上。她不光不会因为环境陌生而少说话，相反她在新环境感到很兴奋，每天都学习很多新的单词，当然旧的也没有忘记。

她还记得在英国周末做礼拜的时候，人们总是说：“不能杀人！不能杀人！”

福迪斯人缘不错，到处交朋友。他很勇敢，主人交代的事他都完成得很好。

一天，海恩斯先生要出门到离家十英里远的镇上会见律师。正好海恩斯太太在镇上预订了帽子，她让海恩斯先生顺便去取。

“但是，”海恩斯太太说，“你去律师家的时候，把帽子放在马车里，丢了怎么办。你在律师家会待很长时间吧。”

“那我带着福迪斯去吧。”先生说，“我也不想带着帽盒去律师家，要是福迪斯在的话我保证没人敢偷。”

然后，海恩斯先生就带着福迪斯出发了。到了镇上，海恩斯先生先给海恩斯太太取了帽子，然后就去了律师那儿。他见律师的时间比预想的要久，当他出来的时候，看见盛帽子的盒子在过道上，离马车很远。福迪斯骑在一个男孩身上，男孩躺在地上，努力想挣脱开。

“福迪斯，发生什么事了？”海恩斯先生走到前面问道。

福迪斯看着主人，好像在说：“主人，您回来得太及时了，这个男孩该怎么处理啊？”

海恩斯先生吩咐福迪斯先起来，然后拽住男孩的衣领，质问他刚刚做了些什么。

很显然，这个男孩刚才想偷盒子。海恩斯先生要是知道汤姆曾帮他哥哥偷过康特利，那肯定饶不了他。坏小子真是太坏了。当然，他不会讲出这些，而且也没法证明盒子是他拿过来的，福迪斯又不会说话，所以海恩斯先生就放他走了，并警告他说，下次再被福迪斯抓住一定送他去警察局。

海恩斯先生让福迪斯跳上马车，捡起没有任何损坏的帽盒，回家了。想都不用想，福迪斯回家就享用了一顿丰盛的晚餐，他的故事也在邻居间传遍了。当然，穆福太太不喜欢他，福迪斯从没注意过穆福，她因此有点儿不高兴，一直在背后嘟囔说，谁也没亲眼看见福迪斯把男孩扑倒在地。

但到现在为止，福迪斯和那只鹦鹉伊丽莎白女王之间都没什么联系，我们接着往下看。

上次海恩斯先生去镇上，他带回了二三十美元，打算用来支付一些账项，而且他从律师那儿出来的时候就拿在手里。当海恩斯先生叫走福迪斯的时候，汤姆看到他把钱放在了马车上。汤姆总是止不住想起这些钱，他也知道偷窃是不好的行为，偷窃总是偷偷摸摸的，其实他挺害怕警察的。但另一方面，他又想，这没什么不对的，他现在只想得到那笔钱。

所以，汤姆就一直跟着马车，他躲在灌木丛里，怕海恩斯先生回头看见他。他突然想起福迪斯的凶猛，就决定放弃，起身回家了。但那些钱总是在他脑海里出现，挥之不去。

汤姆比同龄孩子壮实许多，福迪斯不在，他也没有那么害怕了。第二天，汤姆便去农场附近打探，看看窗户，想着怎么进入房间。没曾想，他爬到树上一张望，发现在树上竟然能看到海恩斯先生的客厅，甚至都能看见屋里的旧式家具并没有上锁。突然，他眼睛一亮，看见桌上有个帽盒，就是那天他想偷的那个。现在，汤姆知道目标在哪儿了，便从树上下来，傍晚回家后把这些全部告诉了他哥哥，这么大的事他自己再也藏不住了。

这两个傻小子认为那个帽盒里有更多的钱，他们幻想着拿这些钱去买钻石、买煤矿，甚至计划着能走遍半个世界。他们决定等海恩斯先生不在家的时候下手，还要防着福迪斯。但他们并不知道伊丽莎白女王的存在，也不知道她和福迪斯一样厉害。

在这片田地里转了两三天后，他们看见海恩斯先生上了马车离开了，更幸运的是他们看见雅各布也一同走了。唯一不确定的是，他们不知道福迪斯在哪儿，但他们认为福迪斯可能也在马车上跟着海恩斯先生一块儿走了，又去了之前的地方。为了确定一下，他们去了畜棚，朝门砸石子，如果福迪斯在里面就会叫。但他们没有听见任何叫声，所以他们确定福迪斯也跟着主人走了。

穆福太太倒是听见了窗外的声音，还站起身把头探出去看，可汤姆他们并不怕她。

真实的情况是这样的。当天早上，海恩斯先生告诉海恩斯太太，他和律师说好了下午见面。

“我可不喜欢这种安排，”海恩斯太太抱怨道，“下午的时间很短，你得等到天黑才能回来，我不想一个人在家，你还得去处理那些干草，那就更晚了。”

“我会带着雅各布一起去，”海恩斯先生说，“我去律师那儿的时候，他可以去处理那些干草，这样会节省时间。我要是把福迪斯带到这儿来，你还会害怕吗？”

“哦，不会害怕了。”海恩斯太太说。

海恩斯先生笑着说：“有伊丽莎白女王陪着你，她会一直陪你说话的。”

“无须犹豫，无须犹豫。”鹦鹉喊道。

不一会儿，海恩斯先生就看见雅各布驾着马车出来，准备和主人一起出发了。海恩斯先生想告诉他天很冷，让他回去取件厚外衣。

刚好走廊那儿的一扇窗户开着，为了节省时间，海恩斯先生打开窗户，从那儿告诉雅各布去取外套。后来，他没关窗户，而是让海恩斯太太去关，已经很晚了，他得赶紧走了。

房间很长，没关的门窗在一侧，火炉在另一侧。

海恩斯太太刚要去关，鹦鹉叫道：“别回来太晚，海恩斯先生。”鹦鹉说得那么恰到好处，仿佛说出了海恩斯太太的心声，她听后开怀大笑，就去拿了一块伊丽莎白女王非常喜欢吃的姜味蛋糕奖励她，竟把关窗子的事忘在了脑后，随后又去给刚从畜棚牵来的福迪斯开了后门。

海恩斯先生刚走没一会儿，天很快就黑了，海恩斯太太坐在大沙发上，对着火炉取暖，并且絮絮叨叨地告诉福迪斯在主人回来之前看好家。

福迪斯也非常明白自己的职责，找了一个合适的地方默默看守着。他在房间另一侧的门窗那儿坐下了，这样就能随时注意到窗子附近的风吹草动。

一个人在做坏事的时候，总觉得所有环境都是有利于他的，然而，不经意间发生的一件事会打乱他的整个计划。此刻，正是汤姆动手的好时机，他和杰克下午一直匍匐着潜伏在这儿。当夜幕降临，现在农场不光是窗户没有关，海恩斯先生离开前还在离窗户不远的旧式书桌上写东西，他走得又匆忙，钱袋没来得及系紧放好就敞着口扔在桌上。

装了美元的钱袋就放在桌子上，这两个男孩爬过走廊，感觉钱就要到手了。虽然他们轻手轻脚，但福迪斯正盯着窗户，还是感觉到了他们的行动。月光明亮，这两个想偷东西的孩子的影子在走廊里很明显，福迪斯警惕地看着，屏住了呼吸。

当汤姆推窗户的时候，窗户发出的吱嘎声惊醒了鹦鹉。鹦鹉笼在房间的另一侧，但鹦鹉仍然立刻大声喊道："不要偷窃！"

汤姆的脚踩在窗台上，吓得愣住了，不敢再走一步。鹦鹉一喊，福迪斯纵身一跃，立马就扑到了汤姆身上，汤姆躺在窗台上，像昏倒了一样。他快被吓死了。

海恩斯太太原本在沙发上快要睡着了，突然被鹦鹉兴奋的叫声惊醒了，月光下她看见福迪斯骑在一个好像死了的男孩身上。这时，她看见街上驶来一辆马车，便冲出走廊，大声地呼救。

马车好像正要驶向这里，原来布里顿太太和她的叔叔贝克先生比预先说好的日期提前一两天来了，但这个时候来，真是再好不过了。

在贝克先生的帮助下，男孩起来了，福迪斯好像也明白了所有情况的样子，不需要再压着汤姆。福迪斯走出门去，一直观望着，直到他看到自己的主人驾车驶进院子。一看见主人，他就冲上去，将主人尽快带进屋里来。

"一定出事儿了，雅各布！"海恩斯先生一边喊道，一边飞快地拿起马鞭，跟着福迪斯以最快的速度冲进了屋里。

“不要偷窃！”

雅各布也麻利地跳下马车，跟上主人的脚步，空气中弥漫着紧张的气息。海恩斯先生起初没认出布里顿太太和贝克先生，因为屋里没有点灯，一片黑暗，当然他也没认出汤姆，他早就把汤姆忘得一干二净了。

海恩斯太太被吓得几乎不能说话了，等她缓过来的时候，才断断续续地跟他们说了刚刚发生的事。她说先是听见鹦鹉的叫声“不要偷窃”，她才警觉，然后看见福迪斯冲过去，接着听到汤姆随之倒下的声音。

灯亮了以后，他们才有机会仔细打量一下汤姆，海恩斯先生这下想起汤姆来了。汤姆好久才缓过来，还有点儿懵。而杰克早就跑了。汤姆看起来很有悔过的意思，他们就决定不让汤姆离开，想第二天把他送到一位先生那里。那位先生专门管理像汤姆一样的坏男孩，看看他能为汤姆做些什么。那晚，汤姆在海恩斯家吃了一顿丰盛的晚饭，这顿晚饭是汤姆这辈子吃过的最好的一顿饭，然后海恩斯先生把汤姆留在一间屋里，由福迪斯和雅各布看守。

不难想象那晚的情形，也不难想象福迪斯受到了怎样的表扬和夸赞，更不难想象伊丽莎白女王吃了多少块奖励给她的姜味蛋糕。伊丽莎白女王还听到她的女主人一晚都在说：“你怎么样啊？看见你真高兴啊。”

布里顿太太和贝克先生在海恩斯家停留了一个星期，当他们带伊丽莎白女王走的时候，还答应明年夏天再带她一起来。

海恩斯太太为他们准备了一大箱烤干的姜味蛋糕，伊丽莎白女王非常喜欢用自己强壮、尖锐的喙去啄食这种蛋糕。

第二天，海恩斯先生带着汤姆去了之前说的那位先生那儿。汤姆为自己的所作所为感到非常内疚，他觉得自己和哥哥也应该走出他们爸爸带给他们的那个伤心的家。那位先生和海恩斯先生认为他们应该去找杰克，并把他和汤姆安排在可以学习和有人照顾的地方。

我想说的是，真希望汤姆和杰克这两个孩子能成为诚实的人，希望他们永远不要忘记灰鹦鹉和纽芬兰黑犬给他们带来的惊吓。

穆福太太家的三只小猫咪

康特利刚去俄亥俄州不久，海恩斯农场就发生了一件大事——穆福太太生了三只可爱的小猫。

让人吃惊的是，三只小猫长得异常相似，连穆福太太也很难分辨清楚。他们的毛都是纯正的炭黑色，没有一丁点儿白毛，而且体形、力量和灵活度也不相上下。

海恩斯先生在畜棚的桶里发现了他们，非常高兴，立刻给他们三个起了自认为恰当的名字：杰、查克勒、奈特。海恩斯太太也兴高采烈地下楼来看他们，而且她立马想到哪个亲戚可能会收养小猫。她觉得把小猫送人应该不难，因为这些小猫都是那么可爱，而且他们的母亲可是享有捕鼠能手的好声誉，穆福太太所在的厨房从来都没有老鼠的侵扰。

这些小猫刚出生六周，他们的性格没什么大的不同。但后来随着他们越长越大，杰处处都显得比他的兄弟查克勒和奈特要诚实得多。比如说，桌子上有盛牛奶的盘子，如果杰跳上桌子，他会毫不掩饰地盯着盘子看，不过他会听从主人的命令，这一点他做得比两个兄弟好。另外两只小猫，尤其是奈特，会一边在桌子上打转儿，一边假装看别的牛奶房的窗户，后来长大一点儿，就假装在寻找老鼠。

熟悉这些故事的人们应该都知道，穆福太太并不是一只特别诚实的猫。但是在这三兄弟里，她最信任的是杰。

每天早上，穆福太太都会按照自己的方式给兄弟三个清洗一番，她很爱干净。如果她回来发现他们三个没在房前的草地上玩儿，而是在满是灰尘的路上互相追逐、打滚儿，她就会很生气。

房子前面没有栅栏，只有一片斜坡草地，一直延伸到路上。他们兄弟三个最喜欢的就是沿着斜坡互相追赶，来回打滚儿。等他们滚到大路上时，他们洗得干干净净的皮毛就脏得发污了。

有一天早上，穆福太太给他们洗得很干净，让他们在斜坡上玩儿。然后，她想要休息一会儿，就转身去牧场找她的好朋友布林德尔太太。

穆福太太走了还没五分钟，杰就朝查克勒打了个滚儿，奈特也马上加入了他们，就此拉开了嬉戏打闹的大幕。他们从坡上朝下越滚越远，直到完全滚出了草地，从草地上打着滚儿翻滚到尘土中。在地上玩儿了会儿后，他们被灰尘呛得快要窒息了，这才想起站起身，看看身上脏了没有。

查克勒担心地问：“妈妈会说什么吗？”

奈特回答说：“我不知道，我只知道不是我开始玩儿的，是杰开始的。”

杰反驳说："但是你们两个也跟我一样，不断地打滚儿，一直滚到了坡下啊。"

奈特灵机一动，说道："我们为什么不说是福迪斯赶我们下去的呢，因为他，我们才无法待在草坪上的。"

查克勒沉默不语，什么都不说。

"为什么这么说，福迪斯今天没出现啊？"杰睁大黄色的眼睛，不解地问道。

查克勒瞪了杰一眼，一句话也没说。

奈特说："不管怎么样，我就是听到了福迪斯过来的声音，才很快地滚了下去，滚下草坪，不小心滚到了路上。"

杰生气地说："真不敢相信你竟然想到了福迪斯，我知道是你自己想玩儿才弄成这样的。如果妈妈问起我们，我就告诉她，我们打完滚儿才想起来路上有土。"

一会儿，穆福太太回来了，发现他们三个已经脏得不成样子，顿时暴跳如雷，开始盘问他们怎么会弄成这样。

杰像刚才说的一样，一五一十地告诉了妈妈。但是查克勒和奈特都把责任推给了福迪斯，说是听到福迪斯出来撵他们，他们才变成这样的。但是穆福太太心里有数，福迪斯跟雅各布去送从杂货店拿的东西了。所以，穆福太太狠狠地给了他们几个耳光，把他们三个都训了一顿，又给他们好好地洗了一个澡，然后惩罚他们在厨房的地板上打滚儿，他们的头都撞到地上了。这是穆福太太对他们的惩罚方式，但完全不会伤到小猫咪们，对小女孩和小男孩可不能这么做。

后来，杰、查克勒和奈特兄弟三个慢慢长大了。海恩斯太太考虑到一个家里养四只猫实在有点儿多，毕竟他们要喝很多牛奶，而且家里也并不需要这么多猫来捉老鼠。有一天，她跟海恩斯先生商量，想给这些猫另寻好人家。

但是海恩斯先生不舍得跟他们分开，他说再也见不到比他们三个更好的猫了。他听说黑猫会带来好运气，如果真是这样的话，他们家就是世界上最幸运的人家了，因为他们有三只这么可爱的小猫。

海恩斯太太说："你说的可能对，但是约西亚，你不知道这三只小猫需要多少牛奶和肉。还有，毕竟我们不需要这么多猫，穆福自己就能解决所有的老鼠。"

"好吧，那找人收养两只吧，还是留下来一只比较好。"海恩斯先生说。

"那留下哪一只呢？"海恩斯太太问道。

"好像他们没什么区别吧。"海恩斯先生迟疑地说。

穆福太太坐在垫子上看着她的三个孩子在房间里玩耍，她的眼神好像在说，我知道他们三个有很多不同。但可惜她无法帮助海恩斯夫人发现这些区别。

到了下午，布朗太太来喝茶。坐了一会儿后，她突然跟海恩斯太太说："你知道吗？海恩斯太太，我恐怕要失去塔比了。她太老了，这个春天以来她的身体变得越来越差了。她甚至对猫薄荷茶都不感兴趣了，她什么都不喝。”

“那她肯定病得很严重了。我没听说哪只猫能拒绝猫薄荷茶的，除非她连舔都不能舔了。”

布朗太太继续说：“我不知道自己还能为她做些什么。唉，再也找不到比塔比更会捉老鼠的猫了。”

“或许你可以要一只穆福的小猫，她生了三只呢，你知道的。”海恩斯太太说。

布朗太太说：“实话告诉你吧，我正打算问你可不可以让我收养一只呢。只怕海恩斯先生不舍得，我知道他非常喜欢他们。”

“他确实不舍得，不过我跟他商量过了，我们不能同时养着四只猫，必须送出几只。他想留下一只，但我不知道该怎么选，他们长得都差不多。”海恩斯太太解释道。

布朗太太说：“我想要只诚实点儿的猫。如果看到喜欢吃的东西，他们或多或少都会偷吃。除非把他喂得很饱，这样才能放心地把他和金丝雀放在同一个房间里。”

海恩斯太太想了想说：“我不了解这一点，我家没有金丝雀，倒是有过一只鹦鹉。穆福很怕她，都不敢靠近。等一下我问问海恩斯先生想送你哪一只。”

当海恩斯先生过来喝茶时，他的太太就把这件事告诉了他，并问他愿意把哪只小猫送出去。

海恩斯先生看着在地毯上打滚的三只小猫说：“呃，我也不知道该送哪一只，我实在看不出他们有什么区别。”

布朗太太说："要不这样吧，我先带走一只，如果不喜欢，我可以换一只吗？"

海恩斯太太说："当然可以。"

海恩斯先生接着问："那你想要哪一只？"

布朗太太想了一下说："我也看不出来有什么不同，那就凭运气吧。"然后她弯身抱起一只，恰好是奈特。

奈特像虚伪的人一样，表现得很羞怯。如果有人抱他，不管他喜不喜欢这个人，他都表现得像是很享受被抚摸一样。

布朗太太说："他看来很喜欢被注意到啊。"

海恩斯先生笑着说："是的，人人都喜欢被注意到。"说着他抱起了杰。

而杰当时正在全神贯注地看着墙角里的东西，他以为那是老鼠，因为他认为捉老鼠是他的职责。海恩斯先生抱起他的时候他正打算跳起来扑过去，所以他使劲挣扎。无奈之下，海恩斯先生又把他放下了。

布朗太太说："看来还真有不想被注意到的，或许他们还真有一些不一样的地方。我最想要的是一只让我放心地把他和金丝雀放在一起的猫。如果金丝雀受到伤害，我真不知道该如何是好。他很迷人，你们可以在农场里听到他的歌声。"

确实如此，金丝雀拥有完美的嗓音，他的仰慕者们都很喜欢他的歌声。

布朗太太带着奈特回家了。没有了兄弟的陪伴，奈特觉得很孤独。但是大吃一顿后，他还是蜷在垫子上很快进入了香甜的梦乡。

第二天早上，他开始打量四周。他马上就注意到了一只鸟儿待在房间里。以前他在田野里也经常看见各种鸟儿，如果一定要说出真相的话，其实他们经常捉住鸟儿，大饱口福一番，但是他从来没有见过生活在屋里的鸟。他悄悄地爬向金丝雀。尽管他能看得很清楚，但附近总有东西妨碍他抓住鸟儿。奈特不知道笼子是什么，以前也没见到过，他以为只要爪子能够到笼子就能把它挪开。

正当他思考该怎么办的时候，布朗太太进来了。她说该清理笼子了，便把鸟笼拿了下去。奈特看到布朗太太进屋后马上钻到沙发下面，大气不敢出，尽可能安静地躺着。

这时候布朗先生恰好经过门口，他嘱咐太太说最好小心一点儿，不要在猫在的时候把鸟笼拿下来。

太太说："猫自己在这儿待了很久了，我觉得他都没注意到鸟笼。"

然而布朗太太大错特错了，不过没人会提醒她。她习惯性地把鸟笼拿下来，放在储藏室，然后去橱子里拿新鲜的鸟食。她刚离开，奈特就跑出来悄悄地溜进了储藏室。

当布朗太太来到橱子边上，不巧橱子锁上了，所以布朗太太又要去楼上拿钥匙。这就给了奈特更多的时间。爬进储藏室后，奈特跳到架子上，又从架子上往鸟笼上扑去，结果一下子狠狠地摔到了地上。

布朗太太听到动静，赶紧跑下来看看发生了什么。她到之前，奈特早就逃走了。布朗先生认定是奈特搞的鬼，想要把笼子弄下来，所以他们马上找奈特。这时奈特已经躺在草坪上，假装刚刚美美地睡了一觉。

布朗先生说："无论如何，不要再随便把鸟笼拿下来，除非你知道这只猫在哪儿。"

布朗太太说："再也不会了。"

可怜的金丝雀受了这次惊吓，就这样逃过了一劫，可并不是每次都这么幸运。第二天，还有第三天，布朗太太都很仔细，会事先看看奈特在哪里。但是第三天，威利（您可能记得，这就是在康特利跟马戏团的人跑走后，把他找回来的人）跑了进来，他用刀的时候太粗心了，不小心把手划破了。布朗太太急忙去拿纱布帮他包扎伤口，把可怜的金丝雀抛在了脑后。

奈特的机会来了。他从窗户跳进屋里，爬到鸟笼上使劲晃动笼子门，直到把笼门晃松，然后他把爪子伸进笼子里，把金丝雀拽了出来，叼着金丝雀溜出房间，在畜棚后面悄悄地把金丝雀吃了。

威利的伤口很快就止住血了。布朗太太回来后发现鸟笼空了。金丝雀呢？因为笼子门开着，布朗太太想他可能飞走了，但是又看到金丝雀的水瓶打翻了，鸟食也散落一地，并不像是鸟儿自己悄悄飞走的。

布朗太太马上出去找奈特。奈特正在门前草地上的一棵大树下，假装刚好好睡了一觉的样子。威利出去把奈特带进屋，仔细地对他进行检查，发现他下巴下面发亮的黑色毛里有根黄羽毛，看起来很像个金黄色的斑点。

现在真相大白了，布朗太太说她再也不想见到奈特了。不过想到和海恩斯太太的约定，可以换另一只猫，这才没有把奈特淹死。

布朗太太说："我再也不想养猫了。"

布朗先生说："但如果我们真没有一只猫的话，我真是不知道我们该怎么办。"

威利说："我就不信没有一只好的猫，以前有个故事曾经讲过，一只猫能保护金丝雀，不让他受到别的猫的伤害。"

布朗太太说："我们就想养只那样的猫。"

布朗先生说："恐怕不大可能。"

但是总得解决问题。布朗夫妇帮威利把小猫装在篮子里，派他去还猫，并且告诉海恩斯夫妇所发生的一切。

"那我要带哪只回来？"临走前威利问道。

"我不知道，可能别的猫一样坏。"布朗太太说。

威利坚决反对道："我不信，男孩子之间都有区别，猫肯定也有所不同。"

"那好。如果你能看出来他们哪里不一样，就带只最乖的回来。"布朗先生回答说。

威利到了海恩斯先生家后，告诉了他们金丝雀的遭遇。海恩斯太太对发生的事情感到很抱歉。海恩斯先生说他会再送给布朗太太一只金丝雀，但威利说他妈妈不希望海恩斯先生那样做。他们知道毕竟是因为自己太粗心了，才导致这个悲剧的发生——本来应该考虑到金丝雀的安全的。

到了威利决定要带哪一只猫回去的时候。他想来想去、看了又看，还是没发现什么区别。但他想，虽然看不出来，但是他们肯定还是不一样的。最后，他抱起了离他最近的猫，也就是杰，把他放进了篮子里。

奈特再次在客厅里安静地坐下来，虽然听到有人说要淹死他，却也只是说说而已。毕竟他是个捉老鼠的好帮手。但是后来海恩斯先生把奈特送给了他的兄弟，因为他所有的缺点都暴露了。

杰到了布朗太太家后，因为杰长得跟奈特太像了，看见杰就能想起来奈特，布朗太太说她不想看见杰。但是威利坚持说外表说明不了什么问题，杰跟奈特的性格截然不同。

现在没有金丝雀需要看着了，时间就这样一天天很平静地过去了。马上要到圣诞节了，布朗太太想邀请十几英里外的姑妈来她家住一周。

“我以前就常常邀请她，”布朗太太跟丈夫说，“但是姑妈说她有猫，不能来。”

布朗先生不解地问：“关猫什么事？”

“如果她离开家的话，找不到人帮她照顾猫。”

“她可以带着猫一块儿来啊，”布朗先生说，“我开车去接她，车上有她的位子也有猫的位子。”

“现在金丝雀不在了。”布朗太太叹了口气。

但是，圣诞节的早上，布朗太太收到了一只金丝雀，事情往往就是这样。原来海恩斯先生一直对布朗太太失去心爱的金丝雀感到内疚，所以他特意买了一只金丝雀，圣诞节一大早亲自带过来，作为圣诞节礼物送给了布朗太太，希望能弥补她的损失。

圣诞节前一天晚上，布朗太太的姑妈哈克特太太也到了，把她自己的爱猫塞莉娜也带了过来，无疑这也是贵客之一。塞莉娜坐在布朗太太特意为她准备的毯子上，神气十足地观察着屋内的小伙伴。

杰现在不再是穆福太太的小猫了。金丝雀被放到桌子上时，杰就注意到了这个陌生小伙伴塞莉娜的眼神，那双眼睛一睁一闭地忽闪着，这是猫盯上猎物后特有的眼神。

布朗太太此时很高兴，衷心地感谢海恩斯先生送的礼物。突然她想起来还有猫，而且还有只陌生的猫，就赶紧把鸟笼挂在了以前的鸟儿待的老地方。

她说：“有猫的时候，再也不能把鸟笼放在桌子上了。”

哈克特太太说：“如果你是担心塞莉娜的话，完全没有必要，她不会动那只鸟的。她是世界上最温顺的猫。”说到自己的猫，她总是要认认真真地叫她的名字。

这只最温顺的猫邪恶地晃了晃尾巴，这些被杰尽收眼底。这周过得很平静，在哈克特太太回家前一天，布朗太太想起来海恩斯先生曾说过卖鸟的人告诉他隔段时间要让鸟儿在屋里飞一会儿，如果剥夺了鸟儿这项权利，恐怕会让其错失练习的机会。

“妈妈，让我把鸟放出来吧。”威利说。他已经迫不及待地想看鸟儿在屋里飞了。

“好吧，”布朗太太同意了，然后犹豫了一下问道，“那两只猫在哪里？”

哈克特太太自信地说：“如果你是担心塞莉娜的话，她在我房间的安乐椅上睡觉。”

布朗太太又问：“那杰在哪儿呢？”

“在那里呢。”威利指着院子前的矮墙说。

杰确实在那儿。他正坐在墙头上，看着路上人来人往，猫都爱看路人。至于塞莉娜，哈克特太太犯了一生最大的错误。塞莉娜躺在沙发下面，用棉布盖着的旧式大沙发下面。沙发的布幔落到地上，完全把塞莉娜挡住了。

这其中暗藏的玄机在于，哈克特太太的卧室里有个大橱子，橱子有两个门，其中一个能通往后楼梯，而且这个门经常不锁。塞莉娜很清楚怎么去后楼梯。

金丝雀被放出来后，大家都被逗得很高兴。因为他很听话，一会儿飞到这个人身上，一会儿又飞去另外一个人身上。

小鸟飞了大约十分钟后，布朗太太看到窗外有几个朋友，他们以前说在哈克特太太走之前来拜访她。所以布朗太太说："该把鸟放回去了。"

"不要！"威利大叫，"让他们去别的房间吧，那里还可以烤火。让我再陪迪克玩会儿吧，他还不想回笼子里。"

布朗太太说："好吧，但你保证不能离开这个房间，你知道原因的。"

然后布朗太太和姑妈去了另外一个房间，让威利留下来看着鸟。过了一会儿，威利看了一眼窗户，这个窗户通往走廊。他看到杰从墙头上下来了，在院子里遛着圈儿；但是威利知道杰进不来，于是也没在意他。他坐在屋里被金丝雀逗得很开心。突然，他听到妈妈叫他。

原来是客人的马有点儿焦躁，自己把自己缠住了。布朗太太忘了先前让威利看好金丝雀的事，转而让他开开窗户跑出去安抚马儿。跟大多数的乡村男孩一样，威利很擅长驯马。威利出去后，布朗太太回到房间，被眼前的景象吓了一跳！可怜的金丝雀在桌子上快被吓死了，"温顺的"塞莉娜不停地想扑向他，她绿色的眼里闪着愤怒的光，恶狠狠的。而此时杰站在金丝雀前面，每当塞莉娜想抓金丝雀的时候他都朝她低吼，并亮出他锋利的爪子威胁塞莉娜，死死护住金丝雀。很快情势突变，眼见大势已去，塞莉娜从窗户中落荒而逃。杰看到主人来了，便

杰站在桌子上，护在金丝雀的前面

安静地坐在那儿。

威利自豪地说："看吧，妈妈，现在总该相信会有猫能保护金丝雀了吧。"

而布朗太太说："如果不是亲眼所见，我是不会信的。"

这对威利来说一点儿都不惊讶，因为他知道想让他妈妈赞同他的观点很难。

将杰如此杰出的表现作为秘密保守起来很难，毕竟这是件好事，布朗太太把其他房间的人都叫过来，讲述了杰勇敢的表现。

哈克特太太本来想为塞莉娜的行为和态度辩解，但是事实摆在眼前，所以她只能选择在心里默默地为她辩护，至少回家前只能这样。

喝完茶后，塞莉娜的下落给大家带来了不小的焦虑，大家都很着急。布朗太太一想到姑妈在她家丢了心爱的猫，就感到很内疚。傍晚过后，塞莉娜若无其事地回来了，很淡定地坐在垫子上。

布朗太太很想狠狠教训塞莉娜一顿，却又不得不拿牛奶给她。她想到塞莉娜明天就走了，便感到一丝安慰，又想到以后不会再让姑妈带着她来了，很快就释怀了。

布朗太太当然会把这件事告诉海恩斯太太，穆福太太安静地坐着，很享受地听完了整个故事。穆福太太告诉布林德尔太太，如果当时主人询问她的意见的话，很多问题都能避免。虽然其他人不知道，但她知道自己的孩子们有什么不一样。

杰继续在布朗太太家生活着，深受家人的喜爱，布朗太太经常给别人讲述杰是怎么保护金丝雀的。

至于查克勒，他被送给了一个经营谷物店的人。跟他那两个兄弟一样，他也是个捉老鼠的能手。没人特别信任他，所以他也没什么机会让人不信赖。跟其他很多猫一样，他也没有什么特别的机会干坏事，所以他过得还不错。

穆福太太家三只黑色小猫的故事，到此也落下了帷幕。

莫莉·加菲尔德的爱猫

在西方国家，他们有每四年选举一次总统的习俗，总统和其他常人一样，家里都会有几个孩子。

今年，我想要给你们讲一个总统女儿的故事，她是总统众多女儿中的一个，名叫莫莉。和其他小女孩一样，她有一只钟爱无比的猫。

这只猫外形漂亮且身体健硕：莫莉凭借他已经在猫展上斩获两项大奖了。他通身黑亮，没有一丝白毛，叫克里斯托弗·哥伦布，重十八磅，大约三岁，有着你从未见过的最漂亮的黑色胡须和最矫健的身形。他是这所房子里最受欢迎的宠物，还专门有一只篮子供他睡觉，有专属的盘子盛肉，专属的碟子喝牛奶，拥有一切生活必需品。

当然，他对人们所谈论的一切事情也都很警觉。有一天晚上，当他睡得正香时，听到一个消息后立刻坐直，睡意全无——莫莉的父亲已经当选为总统。

克里斯托弗可能还没有真正意识到，自己已经参与到了国家事务中，虽然他去辛辛那提参加过那一届猫展。因此，他对这种变化感到有点儿不安，比如家庭的住所是否会保持不变，或者这家的主人会不会搬到另一个城市，如果他们真的要搬家了，是否会带他一起走呢?

那是一个月光明媚的夜晚，他觉得只要他能溜出去，就可以找到住在村中小酒馆里的同伴，那只猫仿佛知道所有事情的进展。

那只猫名叫梅杰。当克里斯托弗穿过马路时，运气不错，正好碰到了在门前散步的梅杰，他赶紧跑过去。

“晚上好，梅杰。”他说，“我来打听一些消息，而且想向你征求一些建议。”

“事实上，”梅杰说，“我认为所有消息都是道听途说。”

“嗯，也许是，”总统的猫说，“那些离烟囱最近的人，从来都不知道烟有多大。”

“这倒是真的。”梅杰说。

“我想知道的是，”克里斯托弗说，“你认为我所在的家庭是否会在今年春天搬家。”

“我找不到他们不搬家的理由，”梅杰拱了拱他的背，一脸严肃地说，“我是这么认为的，当然，你也知道，他们必须在今年四月份去华盛顿参加就职典礼。”

克里斯托弗不想表现出他不理解刚才这番话，于是他一直沉默着，想找个机会继续问。过了一会儿，他又说：“你觉得你会去吗，梅杰？”

“为什么不呢，科洛内尔和我确实想过这件事。”梅杰回答道。

科洛内尔是酒馆老板，梅杰的主人，就是梅杰所谓的“科洛内尔和我”，而克里斯托弗也很清楚他指的是谁。

“假设我下定了决心去，”克里斯托弗说，“你认为我会成功到达那里吗？”

“为什么不会呢？他们走时，先坐马车再转汽车，”梅杰说，“好像没别的什么了吧？”

“嗯，如果只是杰纳勒尔（克里斯托弗的主人）自己去的话，那就再好不过了。但如果我的女主人也去那儿的话——你懂的。”克里斯托弗回答道。

“哦，是的，”梅杰说，“科洛内尔和我从来没有反对巴格比太太去她妈妈那儿。”

巴格比太太是科洛内尔的妻子，而且，说实话，相比于他的主人巴比格来说，梅杰更害怕他的女主人。

“你们以为杰纳勒尔的妻子会去吗？”克里斯托弗说。

“当然，当然，”梅杰说，“为什么不呢，她一定会去白宫的。”

这时，克里斯托弗完全不知所措了，他认为现在最好诚实地告诉梅杰他根本不太明白这件事，并请他解释一下事情的来龙去脉。

于是，他坦率说道：“你知道的，梅杰，我可能比你小一两岁（相对于猫的寿命来说，一年是个很大的数字），你又住在条件优越的小酒馆，比我懂得多，如果你能更清楚地向我解释我主人的情况，并告诉我白宫是什么，以及到华盛顿多远，我将会十分感激你的。”

至于到华盛顿的距离，梅杰无法告诉他，除非给他些好处，类似一只在酒窖中难得一见的美味老鼠之类的。但他还是设法解释说，白宫是总统住的地方，如果总统住在那里，他的家人当然也一定在那里。他很高兴能为克里斯托弗提供一些建议和信息，而且礼貌地补充道：“作为一只在辛辛那提猫展上两次获得冠军的猫是不会这么轻易被抛弃的，他们一定会想办法让你去的。”

梅杰此话是如此委婉，毕竟克里斯托弗参加猫展这事儿是个痛苦的话题，他已经习惯于谈论对自尊的渴望，展示真实的自我，而不是在猫展上展现别人喜欢的样子。

“无论如何，”克里斯托弗说，“我不介意一个人去。当我去辛辛那提时，我常常希望自己掌控时间，并且游览一下这个国家的美景。”

说罢，两个好朋友挥手告别，克里斯托弗就回家了。但是第二天早上，突然传来一声惊呼，还有大声召唤莫莉的猫的声音。他在哪里？没有人看到克里斯托弗·哥伦布趁着月光悄悄踏上了去华盛顿的路。好在他知道要去哪里，他所要做的就是跟随来来往往的人流，这样他一定能到达华盛顿。

此外，猫很聪明，尤其是听觉敏感的黑猫。事实上，他们的感知能力已经大大地超过人类。

克里斯托弗·哥伦布离开后的这一路，晚上睡在畜棚，还捕捉了很多大大小小的老鼠来充饥。而且必须承认，他平时不一定常常享用到雏鸟和童子鸡这样的美味。不过话说回来，如果他过得不好，他可能就会失去光鲜的毛色，从而破坏掉他整体的美感，那对一只志在白宫的猫来说该是多大的遗憾啊！

当他走到旅程的中途时，他思忖片刻，觉得不如停下来去看看自己的穆福姐姐，这位姐姐居住在一个叫海恩斯的农场主家里，与他现在的所在地相距不远。他在日落时抵达那里，当穆福看到她弟弟沿着小径迎面向自己走过来时，一脸惊讶。

“我的天啊！”她惊讶地说，“克里斯托弗，什么事儿大老远地让你从家赶到这里？”

他认为，在他之前，可能也有他的其他家人大老远地离家来到这里。足以确定的是，他并不知道，但他是只聪明的猫，他早已准备好如何回答。

他说：“你肯定想不到，我能住到白宫里，杰纳勒尔现在当选总统了。”

穆福太太说：“你也当选了吗，克里斯托弗？”她对这类事儿根本就不怎么懂。

“我也不怎么了解，”他说，“如果我可以的话，我希望自己也在那儿。”

“大家都去了，说实话，”穆福太太说，“如果所花无几的话，我自己也打算去一趟。”

于是，她带着弟弟回到畜棚，热情地招待他。晚餐是一只雏鸟，一切都非常舒适。然而，穆福太太告诉他，现在没有多少机会去找乐子，因为他们刚刚遭受了严重的损失，失去了可爱的小牛拿破仑。

克里斯托弗傻傻地问这是怎么回事。我很抱歉地说，在这个问题上，我讲不清楚。穆福太太推诿了许久，也没讲明白到底是怎么一回事。她说她认为可能是中风导致的，对于猫来说，这个术语实在太长了，总之她就是要尽力留下好的印象。其实这不过是两只猫之间的事情罢了，特别是如果你不知道这意味着什么的时候，更是如此，无须深究。

第二天，克里斯托弗的旅程继续，一路感觉良好。在三月三日这一天，他发现自己已经进入了一座城市，他觉得这就是华盛顿，而且在这里他毋庸置疑能享受到所有黑猫理应拥有的权力。他设法进入一个马厩，这里永远不反感猫，猫待在这儿可以捉老鼠，非常有用。经过一个晚上的休息，他已经恢复了体力，你去街上肯定一眼就能发现他。他在街上徘徊着，最后来到一座很漂亮的大楼前，似乎来来往往的每个人都要进去，所以克里斯托弗也跟着他们进去了。

过了不一会儿，驶来了一辆精致的马车。他一看，马车上的人竟然是他的小女主人莫莉，另外一辆车上坐的是他的男主人。他继续前进，顺着只有猫能爬的道路向前爬着，上到楼梯，再下到宽敞的走廊和精致的公寓。在如此热闹的场面下，没有人注意到他，直到他进入了一个大房间，那里每个人都停了下来，所以克里斯托弗也停了下来。他藏在一个角落里，他身后是几位打扮精致的女士，在那里，他可以不时地探出头来观望。

首先映入眼帘的是他的主人，正表情坚定地向前走着，并且每个人都在给他让路。这使克里斯托弗激动无比，他跳到了一处有利的位置，在这里他可以看到一切。

有一些事情他并不能很好地理解，但在那一刻他突然发现了莫莉，他高兴地叫了一声。莫莉听见了，她低声对身旁的朋友说："这声音听起来像是克里斯托弗发出的。你们认为会是他吗？自从两星期前我们离家出发，我就十分想念他。但是，那当然不可能是他。"

但是，当所有仪式结束，他们走到车厢门口时，克里斯托弗·哥伦布正高兴得像发了疯似的在那里等着！

想象一下，他没有乘坐马车被带到白宫，只因为他的忠诚和依恋，完全凭借自己的力量来到了白宫，这怎么不让人对他更为珍爱呢。

我不知道这个报道是否和三月四日报纸上的报道一致。但记者朋友们是如此聪明，即使他们没有看到一切，我想也能报道得十分完整。而且我相信，出于共和精神的考虑，加菲尔德家族的猫自然不能在三月四日缺席华盛顿的活动。

汤姆·米尔伯里喜逢“圣诞老人”

海恩斯农场即将迎来圣诞节。今年冬天来得很早，又特别寒冷。海恩斯先生和布朗先生都说从没见过冬天冷得这么早，天气一冷，雪也多。在这个地方，圣诞节能有如此上佳的乘雪橇的天气，颇为难得。

一天早上，穆福太太顺着窗户跳进畜棚。显然，她要和布林德尔太太说点儿特别的事情。昨晚雪下得很大，穆福太太不喜欢被弄湿，所以一直等到雅各布铲完小路上的雪才肯出来。她进来把爪子上的雪抖掉后说：“我跟你说，布林德尔太太，农场里有一只长得特别奇怪的动物走来走去。”

“什么意思？”布林德尔太太不太明白，“我什么都没注意到啊。”

穆福太太感到十分惊讶：“天哪，不是吧，你竟然不知道？你白天和雅各布出去，不可能什么也没看到呀！”

“但是，那是什么呢？”布林德尔太太还是不明白。

穆福太太接着说：“好吧。它有四条腿，但走路的姿势和人一样。我总是在想，海恩斯一家是怎么做到用两条腿走路的？

我知道，那样很累。有时候我为了拿到东西，不得不后脚撑着地站起来，累得要死。”

“我从没尝试过。”布林德尔太太说道。

穆福太太说：“我猜你也没试过。你太沉了。”

“那么，那个动物到底长什么样？”布林德尔太太追问道。她很高兴听到畜棚外面的事。

穆福太太是这样形容的：“嗯，它看起来像海恩斯先生穿的那件毛绒大衣。”

“没准儿就是海恩斯先生。”布林德尔太太猜测道。

穆福太太可不这么认为：“胡说！海恩斯先生可没有用四条腿走路。”

“那倒是。”布林德尔太太也承认。

穆福太太继续说道：“海恩斯先生也不吠叫啊。”

“嗯，海恩斯先生是不叫。那它和我一样大吗？”布林德尔太太接着问。

“没有，”穆福太太犹豫了一下回答道，“我觉得没有。”

布林德尔太太又问道：“那和福迪斯一样大？”

“噢！要比福迪斯大三倍。”穆福说。她总是喜欢贬低福迪斯，因为福迪斯从没注意过她。

“当时你害怕吗？”布林德尔太太问。

“没有，”穆福太太说，“一点儿也不害怕。人类要想对我做什么，得先抓住我才行。告诉你，抓到我可要费点儿功夫的。”

“那你以前见过它吗？”布林德尔太太问。

“没有，”穆福太太说，“但是今早我喝牛奶的时候，听见海恩斯先生跟他太太说猪圈周围有一些看起来很奇怪的脚印。雅各布很清楚海恩斯先生在说什么，他说那是熊的脚印。”

“你怎么不把你看到的说出来？”布林德尔太太说。

穆福太太有点儿生气：“哎呀！我要跟你说多少遍你才能记住，我说的话，那些人一句也听不懂。”

“我忘了这点了，”布林德尔太太说，“真可惜。”

“确实如此，”穆福太太说，“但也没什么用，我试过很多次了。”

“那海恩斯太太说什么了？”布林德尔太太问。

穆福太太说：“她说她可不喜欢有熊在农场走来走去，她还说希望猪没有丢。海恩斯先生说他也希望如此，猪对于熊来说可是美味。就在这时他把窗户打开了，我就趁机跑过来告诉你这一切。”

“我真的要感谢你，”布林德尔太太说，“冬天我就被关起来了，能听到外面的事真好。”

穆福太太从房子上下来后，海恩斯太太对丈夫说：“马上就要到圣诞节了，我想邀请你哥哥约翰一家和你妹妹艾比一家来和我们一起过圣诞节，这样应该挺有意思的。”

海恩斯先生说：“嗯，我喜欢这样。但对你来说人会不会太多了？你知道，约翰有三个孩子，艾比有两个。”

“哦，不会的！”海恩斯太太说，“我可不确定能给他们准备那么高的一棵圣诞树，不过他们可以像我们以前那样挂袜子。德国的这些新方式到来之前，我们过得也挺好。只要孩子们能找到礼物，他们才不在乎礼物是从袜子里拿出来的，还是从树枝上摘下来的。”

“那倒是，”海恩斯先生表示赞同，“你要是想邀请他们，最好给约翰写封信，他可以告诉艾比。我觉得我得赶紧去杂货店，我会带着信投到邮局的。”

“好吧，”海恩斯太太说，“但我得去镇上买礼物，你不知道买什么。”

就这样，海恩斯先生到镇上买了各种各样的好东西，用四轮马车带了回来。第二天，海恩斯太太驾着单匹马车到镇上买了礼物，有鞭子、洋娃娃，还有图画书和糖果，总之买了好多东西。礼物都放在楼上藏起来了，一直到平安夜才会拿出来放在袜子里。

约翰·海恩斯先生有一个儿子和两个女儿，他的妹妹米尔伯里太太有一个儿子和一个小女儿。他们大概在平安夜的前一天下午四点来到了农场。

穆福太太不喜欢小孩儿，觉得他们太吵了。所以她跑到畜棚里来躲躲。

“他们都来了，布林德尔太太，”穆福太太嘟囔着，“太吵了，我都听不见自己的呼噜声了。”

“他们要待多久？”布林德尔太太问。

“不知道，”穆福太太说，“但我希望别太久。”

孩子们可不是这么想的，他们觉得世界上再也没有比叔叔农场更好的地方了。他们到处跑来跑去，跑到猪圈去，还跑到外面的蜂房去，到谷仓里，大声地嚷嚷、尖叫，就连一向温和的布林德尔都觉得受够了，期待着天黑，这群孩子就可以回到屋里去了。

外面很适合乘雪橇，他们想在圣诞节那天带着大孩子们去教堂。而海恩斯太太一点儿也不想去，虽然是圣诞节，却要做很多事情。大个儿的美味烤火鸡、一大盘鸡肉派、肉馅饼、苹果派、南瓜派、南瓜馅饼……要做好多好吃的，还要烤很多各种各样的蛋糕。为了做蛋糕和馅饼，海恩斯太太都没去糖果店。

结果，谁也没去教堂，因为发生了让人意想不到的事情。平安夜那天，天渐渐黑了，外面没什么可玩的了，孩子们高高兴兴地进了屋坐下。事实上，他们该去睡觉了，因为下午茶的时候他们都没睡。

但孩子们精力充沛，都不愿意去睡觉。又因为是平安夜，喝完茶以后可以不去睡，他们开始讨论起礼物来。七岁的小不点汤姆·米尔伯里说希望圣诞老人送礼物来的时候，自己能看见他。

“要是真见到他，你会害怕的，汤姆。”小汤姆的表姐露西说。

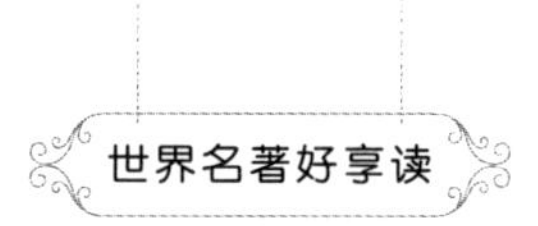

“不，我不会的。”汤姆坚定地说。汤姆是个勇敢的小家伙，在此之前他已经充分展示了他的这种精神品质。“你觉得他长什么样，约西亚舅舅？”汤姆问道。

“嗯，我也不知道，”海恩斯先生说，“我想他肯定穿着一件蓬松的毛皮大衣，长得又矮又胖，怀里全是送给男孩女孩们的礼物。”

“我真的想见到圣诞老人。”小汤姆若有所思地念叨着。

“汤姆，你要是能在今晚一直睁着眼，没准就能看见他，谁晓得呢？”小汤姆的父亲逗他说。

“我不知道呢，如果我一直睁着眼会有用吗？”小汤姆说，“约西亚舅舅，你说圣诞老人会从房子哪边来呢？”

“哦，不知道，”海恩斯先生回答道，“但他要是如我所认为的那样明智的话，那他就会从猪圈那边来，因为那儿的积雪不太厚。”海恩斯先生又转过头对他的哥哥说，今年的雪一直朝一个方向飘。

该睡觉了，可汤姆一直想着见见圣诞老人。海恩斯舅舅告诉汤姆，今天晚上的月亮很圆，只要他能醒来，就有机会见到。

汤姆下午睡了一会儿，晚上又睡了四五个小时。因为他满脑子都在想着见圣诞老人，半夜就醒了。圣诞老人是他想到的第一件事，可躺在床上，汤姆看不见门外的情况。尽管很冷，小汤姆还是想从床上跳起来望向窗外。

跟他同睡的表哥约翰·海恩斯正在熟睡中。小汤姆不打算叫醒他。要是没见到圣诞老人，他就悄悄回到床上，什么也不提就是了。

于是汤姆起来走到后窗边，顺着后窗向猪圈望去，天哪，他简直不敢相信自己的眼睛！那儿有一只黑色的、毛茸茸的矮家伙，紧紧抱着一只小猪越过猪圈，那只猪还在它怀里大声尖叫。

熊带着一只小猪崽儿越过猪圈

汤姆跑到门口喊道："约西亚舅舅，圣诞老人！它正从猪圈出来，带着一只小猪作为礼物要送给某个人。"

"嗨！嗨！"海恩斯先生说。"我不明白它为什么要从我的猪圈里拿礼物。但那是熊，亲爱的。"他转过头对太太说。还没等海恩斯太太开口，他已经穿好衣服，抓起枪走出了家门。海恩斯先生大声叫着雅各布，雅各布从畜棚，也就是他睡觉的地方，匆忙奔下楼梯，手里拿着铁锤和短斧。他也听见了猪圈里传来的异常骚动声。

声音传到了布朗农场。威利·布朗也跟着冲出了房子，他觉得世界上没有哪个男孩能如此幸运，在平安夜和熊搏斗。

同时，那只熊也发现有人要阻止它的行动，便果断地丢下猪（猪领回来时没有受伤）。熊想跑快点儿，就走了一条通往树林的捷径。

捷径通常是通往预期目标的最直接的方法，而从这次的情况来看，其描述有些言过其实了。

熊在慌乱奔跑中撞到蜂窝，惹到了两三只小蜜蜂。

一般情况下，蜜蜂在圣诞节都很安静，在下雪天的午夜被折腾出来，可不是它们过圣诞节的风格。但此刻，它们就是要让熊知道它们的厉害。熊的皮毛也保护不了自己，蜜蜂从皮毛下开始进攻，围住熊的鼻子、嘴巴、眼睛和耳朵。人们赶到的时候，熊正躺在地上痛苦地打滚，毫无抵抗力。

下一步就是如何处理这只熊，击中熊也不是那么容易的，即使熊此刻正处于窘境中。海恩斯先生、布朗先生和雅各布枪法都很准。雅各布赶来的时候手里拿着锤子，因为那时候蜜蜂并没有袭击熊。

此时，农场方圆一两英里内的人都醒了，圣诞节在一片兴奋中破晓。人们经常听到关于熊的故事，但这次是一头真熊，个头还很大。

孩子们需要想的事情太多了，甚至忘了去看他们的圣诞袜。而当他们去检查的时候，会发现圣诞袜里有应该包含的各种礼物。见到了圣诞老人，也拿了礼物，孩子们兴奋地玩耍，筋疲力尽后高兴地去睡觉了，没有去教堂。海恩斯太太和米尔伯里太太也想去睡觉，不过这是不可能的。

屋里屋外要做的事情太多了。差不多两点，圣诞节晚饭准备好了，这么丰盛的圣诞晚饭可不多见。晚饭后，威利·布朗和父母一同过来拜访，大家玩游戏，围着火炉坐着讲故事，所有活动结束后，他们来到畜棚想看看那只熊到底有多重。

我不知道这只熊的实际体重，但我知道它有着一只大熊应有的体重，而且比以前见过的熊都要沉。至少孩子们是这样认为的。

他们回到房子以后，海恩斯先生对汤姆·米尔伯里说他要把熊本来想带走的那只小猪送给汤姆，然后把它养肥，等到把小猪卖给屠夫赚了钱，会存在银行里留给汤姆。

海恩斯先生对汤姆说：“要不是你一直等着见圣诞老人，

那只猪早就丢了，这是你的功劳。汤姆，所以这只小猪应该给你。”

整个上午，穆福太太在畜棚进进出出，告诉布林德尔太太外面发生的事情。晚上，熊称重时，布林德尔太太有机会亲眼瞧瞧这只大熊长什么样。她告诉穆福太太，她看见那只熊的时候就想她可不希望在天黑以后碰到它。

“哦！”穆福太太说，“我能很容易地躲过它，但我觉得你不能。在这世界上只有小人物才有大智慧。

布林德尔太太说：“我觉得你没有那么小。你重十四英镑，你不记得自己说过啦？我们用干草藏拿破仑的时候，你说过你的体重。当时我们还觉得这是个好办法，可是结果和我们预想的完全不一样。”她悲伤地晃了晃头。

“如果拿破仑还活着，熊可能会逮住他。”穆福太太说。

“没有比过去发生的事情更糟糕的了。”布林德尔太太悲伤地说。

穆福太太从不会听她不喜欢听的事。因此当熊称完体重，她就跟着其他伙伴跑到房顶上去了。

几天后，圣诞聚会结束，农场又恢复了宁静。但海恩斯农场在平安夜捉住一只大熊的故事可成了人们多年来的谈资。而对于汤姆·米尔伯里来说，他永远也忘不了他是如何看到“圣诞老人”在平安夜里，抱着一只小猪走出猪圈的。

克里斯托弗·哥伦布为名誉而战

我想，大家一定都还记得克里斯托弗·哥伦布吧。他是穆福太太的弟弟，原来居住在俄亥俄州，不久前去华盛顿参加了总统加菲尔德的就职典礼。

之后的事情，想必大家也都知道了。他们感到非常抱歉，因为暂时无法回到原来的家里，只能努力地为克里斯托弗寻找容身之所。碰巧，当时华盛顿的一位女士对克里斯托弗十分感兴趣，有意收养他。由此，克里斯托弗就被送给了这位女士，开启了一段新的生活。那位女士住在西城一座非常漂亮的房子里。克里斯托弗是如此幸运，他在那段时间里受到了很好的照顾。

这位女士名叫韦斯顿太太，她有三个小孩，一个七岁，另外两个年龄较小。之前有一位善良的女士玛丽照顾他们，但在去年，她结婚了。虽然很喜欢这三个小家伙，玛丽还是离开了。尽管三个小家伙很难接受她离开他们，但他们最后还是得面对这个事实。

那么，玛丽离开后谁来代替她呢？一位年轻的女士布里奇特毛遂自荐，韦斯顿太太非常高兴，可她初来乍到，并没有人推荐。韦斯顿太太思考良久，最后还是让她留了下来，先让她干着试试看。

由此，布里奇特开始了她在韦斯顿家的工作，小家伙们很快就像喜欢玛丽一样喜欢上了她。

克里斯托弗也很开心。就像我们之前说的，他基因优良、长相俊俏，不论是趴在门栏上，还是蹲在窗边的深红色垫子上，总是吸引着大家的关注，他那乌黑发亮的毛发时刻散发着迷人的魅力。

小家伙们在外面玩耍时最喜欢的娱乐活动是观看拉风琴的人和他的猴子们。其中最受欢迎的一只小猴子叫乔克。乔克的主人经常带他去克里斯托弗家里，小猴子会为大家表演节目，他爬到二楼阳台，然后从窗边一跃而下，引来小家伙们的一阵叫好。乔克性情温和，从不惹事咬人，因此，韦斯顿太太非常欢迎他去家里玩耍。

同时，克里斯托弗已经喜欢上了自己的新家，尤其喜欢布里奇特。布里奇特也很喜欢克里斯托弗，他俩几乎同时来到这个家里，可能这就是他们彼此喜欢的原因之一吧。他们几乎形影不离。克里斯托弗看着布里奇特在那里穿针引线，小孩子在地板上玩耍，他感到了前所未有的快乐。

一天，乔克像往常一样耍着把戏逗小家伙们开心，孩子们笑个不停，连韦斯顿太太都停下了手边的事情来看他表演。随后，她摘下了经常佩戴的金手镯，在育儿室的水槽边洗了洗手。恰好这时，她丈夫在楼下叫她，她便下去了。过了一会儿，韦斯顿太太吩咐布里奇特把她放在窗边大理石板上的手镯拿上来。

“太太，手镯不在石板上。”布里奇特说道。

“为什么不在，确实就放在那里了，”韦斯顿太太说着便上楼了，“你再找找，就在窗户附近。”

“真的不在，太太，”布里奇特十分恭敬地说道，“您一定是下楼的时候顺手拿走了。”

韦斯顿太太跑到楼上，把二楼翻了个底朝天，还是没找到手镯。这是她母亲在她出嫁的时候送给她的，韦斯顿太太十分伤心。对手镯丢失的来龙去脉，她丝毫没有头绪。她禁不住后悔，自己对布里奇特的品格没有任何把握就雇用了她。但是，她又确实想不出布里奇特有什么不好的地方。

几天过去了，还是没有找到手镯。最后还是布里奇特打破了尴尬。她说她并不吃惊自己被怀疑，毕竟她没有任何推荐就被韦斯顿太太雇用了。不过布里奇特声泪俱下地说道：“我发誓，我真的没有动那个手镯。”

然而，她再也无法恢复以前的精神状态了。工作的时候，就算克里斯托弗在身边，布里奇特也不再唱歌了，而是整日以泪洗面。

小家伙儿们对布里奇特的悲伤也深感伤心，尤其是克里斯托弗，他想尽各种办法安慰她。他时而对布里奇特轻言细语地

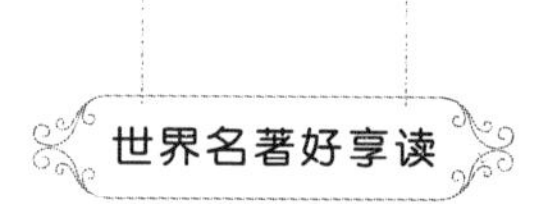

低声抚慰，时而蹭蹭她的脸，仿佛在说："亲爱的布里奇特，怎么啦？我能为你做些什么吗？"

克里斯托弗是只善于察言观色的猫。如果他的姐姐穆福太太在的话，他俩一定会就此事好好地交流下看法。

小家伙们认为要想让布里奇特振作起来，现在没有比乔克的来访更合适的了。让大家喜出望外的是，他们看到乔克从街上走过来了。

乔克依旧很受欢迎。这次，他直接跳到了韦斯顿太太的窗户上。布里奇特照例带着小家伙们去楼下看表演。小猴子把自己弄得很搞笑，那位老风琴师弹奏着动听的音乐，逗得大家哈哈大笑，像平时一样，大约半小时后，他们便离开了。

一波未平，一波又起。第二天，韦斯顿太太丢了一枚价值不菲的戒指。她清楚地记得把它放在了盛这类首饰的小盘里，她说自己可不是个乐观主义者。戒指不见了。

事已至此，布里奇特的处境愈发糟糕。她寝食难安，工作的时候也会轻声抽泣。这两件事折磨得她日渐消瘦、日益苍白。

韦斯顿太太的日子和布里奇特一样不好过，她也不知道该如何处置她，而韦斯顿先生更是一筹莫展。

克里斯托弗已经不再悠闲地窝在客厅里了，除了吃饭，他整天都在育儿室时时刻刻陪在布里奇特身边。

甚至连小婴儿也对此事有所察觉，他现在居然会用小手轻拍着布里奇特的脸，嘴里还嘟囔着："坏人！坏人！"

事情陷入了尴尬的境地，而将要打破这种气氛的，是那位风琴演奏者和他的猴子。

像往常一样，当猴子跳进育儿室时，发现空无一人，只有克里斯托弗在里面待着。过了一会儿，楼下众人听到楼上传来阵阵叫声，声音尖锐而刺耳，还夹杂着一阵阵闷响。就像两个人在地板上撕打缠斗一样。大家都跑了上去，男佣第一个冲上了楼，闻声而来的韦斯顿先生紧随其后，他曾看到猴子蹿上过三楼。

众人赶到楼上时，看到乔克和克里斯托弗正厮打在一起，彼此竭尽全力地朝对方又抓又咬。然而这时，大家清楚地看到，乔克每次压住克里斯托弗时，他那红色小夹克的袋子里都会露出来一串闪闪发亮的大银元。这是小韦斯顿最爱摆弄的东西，看表演前他把那串银元放在了育儿室的地板上。

克里斯托弗一看到主人和男佣汤姆都在，就跳了下来。他知道，一切即将水落石出。

韦斯顿先生看到那些钱后，明白了真相。他说必须尽快将拉风琴的人绳之以法。“至于那只猴子，”他说，“与其他无辜的人一样，他不应受到责罚。”说这话的时候，他一直和善地看着布里奇特。

但布里奇特迟迟没有回应。她只是静静地坐在藤椅上，怀里紧紧地抱着克里斯托弗，哭得伤心欲绝，最后又喜极而泣。

韦斯顿先生吩咐汤姆去叫警察，他则给乔克的主人打电话来解决问题。拉风琴的人来后，就一直在跟韦斯顿先生东扯西扯，直到警察到来才形势大变，真相终于大白了。

证据确凿，拉风琴的人自知胡搅蛮缠对他没有任何好处，就将此事和盘托出了。乔克其实是一只被严格训练过的猴子，他专捡闪闪发亮的东西。对于乔克来说，他并不缺少这种行窃的机会。另外，就算失手，他被抓住了，主人去道个歉并将东西归还，这也不是什么大事儿，毕竟他只是一只猴子而已。

乔克的主人说他从没有“捡”过像手镯和戒指这般贵重的东西，以至于他都不敢去销赃，现在还藏在家里。他愿意在警察的陪同下将东西取出来。

警察同意了，在他脏乱不堪的家里将戒指和手镯取了出来。他把这些东西藏在了一块木板下，还用一块脏兮兮的羊毛布包着。

拉风琴的人很快就受押候审了，接下来的问题是如何处置这只小猴子。当然是不可能将他再还给拉风琴的人了。可怜的动物遭受无数毒打后被训练成为一个小偷，再被转送给其他的卖艺人，这还真是见所未见。所以，警察将乔克送到了远离城市的一座大房子里，那里的人们都非常喜欢小动物。他们会对乔克好好管控。

此事过后，克里斯托弗真切地感受到，这里就是全城最幸福的家。韦斯顿夫妇觉得，无论做什么都弥补不了他们的无端猜疑对布里奇特造成的伤害。

韦斯顿先生送给布里奇特一只漂亮的手表，背面刻着“请原谅我们”。小家伙们也懂事儿了，都很乖巧听话，为她着想。最快乐的要属克里斯托弗，瞧，他整日都唱着动听的歌声。

至于克里斯托弗的姐姐，穆福太太，早就跟布林德尔太太谈论过此事。对于跟猫生活在一起的动物来说，只是简单地生活而已，他们并不能够了解猫，这无疑是一大憾事。若是可以了解的话，那就会明白克里斯托弗为什么会在刚开始就怀疑乔克，以及他采取的一切步骤足以证明：克里斯托弗·哥伦布，他所做的一切无愧于自己响亮的名字。这位名叫“克里斯托弗·哥伦布”的人可是美洲的发现者哦。小朋友们，我跟你们说啊，说莱弗·埃里克松是第一个发现美洲大陆的人，并不完全可信哦。我想克里斯托弗一定会给他远在海恩斯农场的姐姐写信，向她诉说在这里发生的一切。要是我收到了这封信，我一定会誊写下来给你们寄过去的。朋友们，敬请期待吧。

译后记

玛丽·李·埃瑟里奇，美国著名儿童文学作家，创作了《狄克与乔》《穆福太太和她的朋友们》等多部儿童文学作品。她的作品中有着明丽的美国乡村色彩，文风清新自然，故事生动活泼，极富感染力。

《穆福太太和她的朋友们》发书通过穆福太太和她身边的动物朋友身上发生的故事，折射了生活的百态，向孩子们传递了爱和信任、宽容和理解，既有对生活中各色人物性格缺陷的讽刺，也有对包容、博爱之心的颂扬，还有对彼此之间信赖、忠诚的企盼。每一个故事均有自己的主题和主角，活泼生动的故事情节给读者带来快乐的同时，也具有极好的教育意义。

穆福太太作为全书的主人公经历了很多故事。她和奶牛布林德尔太太间既有相互支持、出谋划策的患难情谊，又有计谋不当、致其痛失爱子的刻骨伤痛，分分合合，让人感伤，却也发人深思。

小马驹康特利是一头桀骜不驯的小马驹，历经种种磨炼，从肆意践踏主人的善意、不肯接受训练，到离家出走被困，回家后温驯听话，再到难以抵挡诱惑，意外被马戏团老板拐走，在马戏团经历了种种困境，最后被救回家。经历风雨，方知感恩，康特利最终成为一匹优秀的小马。这就如同涉世未深的孩子，总是要经历成长中的迷茫，逐渐找到自己的真心，学会感恩和爱，最后才能茁壮成长。

灰鹦鹉和纽芬兰黑犬默契配合，保护女主人，帮助男主人力擒想要偷窃的小毛孩，既保护了主人家的安宁，又逮住了意图不轨的小贼，获得了主人的肯定和赞赏。主人宽容对待偷窃的可怜孩子，为其创造改过自新的机会。

穆福家的三只小猫咪讲述了虚伪和诚实的故事，样子如此相似的小猫兄弟却性格迥异，有的善于伪装，时时伺机吞下主人豢养的小鸟，得手后还装作无辜；有的则坦率忠诚，在危难时刻保护小鸟的安全，得到了主人的肯定和赞扬。

克里斯托弗是穆福太太的兄弟，进入新的家庭后，一度深感满足，而欢快的新家却因为一连串误会一度阴云密布。最后是克里斯托弗挺身而出，抓住了造成误会的小偷，并找出了幕后黑手，使欢乐、信任重回温暖的家中。

作者以美国乡村为背景，描述了各种性格鲜明、有趣、极富思想的人物和动物，让孩子们身临其境，既能了解乡村生活的壮阔、美丽、丰富，也能从故事的点点滴滴中品味生活的意义，在成长的道路上找到自己的楷模。

如今的孩子天真，却也早熟，浅显的故事对他们没有吸引力，而过于复杂和教条的故事又无法引起他们的共鸣。我一直希望有一本适当的书，生动有趣，人物个性鲜明，将深刻的道理蕴含在丰富的故事中，孩子们在阅读的同时，能够潜移默化地受到影响，得以提高。《穆福太太和她的朋友们》正符合这一目的。

这本书不仅有引人入胜的故事，还有优美的语言，对孩子们的表达和理解能力均有极佳的促进作用。这既是一本向孩子们介绍乡村生活面貌、各种动物及其生活方式的百科全书，又通过这些可爱的动物形象，及其与人之间发生的故事，向孩子们展示了动物与人的和谐共处，在寓教于乐传递快乐、爱、知识的同时，让孩子们学会更好地拥抱生活、热爱动物、热爱自然，有一颗包容、博大的心。

翻开此书，或让孩子独自浏览，可自得其乐，从中找到自己的影子，获得快乐的同时，对生活和自己的行为有新的认识；或睡前为孩子讲述一篇故事，亲子间共同分享，共同讨论，共享故事中的喜怒哀乐，共品其中蕴含的生活百态，惬意自然，让亲子关系更为亲密。

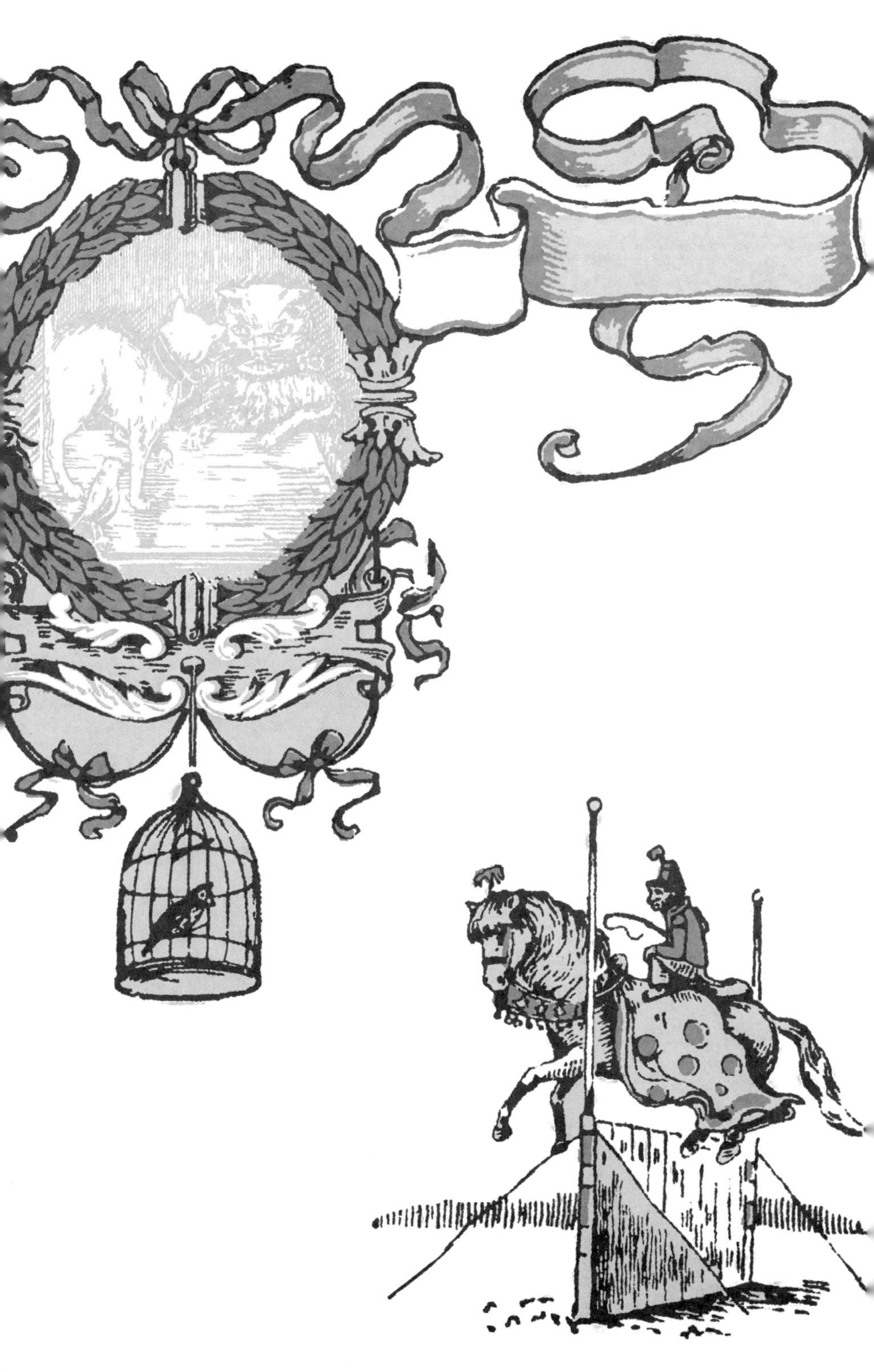

世界名著好享读（原版插画典藏版）

作品目录